Le Jardin sur la mer

Mercè Rodoreda (1908-1983) grandit avec son grand-père, figure pittoresque, catalaniste et bohème. Il lui transmet l'amour des fleurs, le fil rouge de son œuvre. Au sortir de l'adolescence, elle écrit dans des revues littéraires, publie nouvelles et romans. Républicaine, elle fuit la guerre civile espagnole pour Paris, Bordeaux, Limoges puis la Suisse, et connaît la précarité. Pour autant, elle n'abandonne jamais l'écriture. Elle passe presque quarante ans en exil et ne revient en Catalogne qu'à la fin de sa vie. À sa mort, elle laisse un dernier manuscrit inachevé et une œuvre considérable tout en finesse et en poésie.

« Mercè Rodoreda disait avoir un lien particulier avec les fleurs. Et puisqu'elle était privée de fleurs comme de jardin, elle en a fait tout un livre. »

Libération

« L'une des plus belles voix de la littérature catalane. »

Sud Ouest

« Une ambiance entre *La Cerisaie* de Tchekhov et *Downtown Abbey* sous le soleil catalan. C'est lumineux et savoureux. »

La Montagne

MERCÈ RODOREDA

LE JARDIN SUR LA MER

Roman traduit du catalan par Edmond Raillard

ÉDITIONS ZULMA
Paris • Veules-les-Roses

Le Jardin sur la mer
s'inscrit dans notre
BIBLIOTHÈQUE IDÉALE
DES LITTÉRATURES EUROPÉENNES

La couverture du *Jardin sur la mer*
a été créée par David Pearson.

Titre original :
Jardi vora el mar
Rodoreda, Mercè

Si vous désirez en savoir davantage sur Zulma
n'hésitez pas à consulter notre site.
www.zulma.fr

Z

Dieu est au fond du jardin.

ROBERT KANTERS

I

Moi, j'ai toujours aimé connaître tout ce qui arrive aux gens, bien que je ne sois pas bachelier… C'est parce que j'aime les gens. Et les propriétaires de cette maison, je les aimais. Mais cela fait si longtemps, de tout ça, qu'il y a bien des choses dont je ne me souviens plus. Je suis trop vieux et parfois je m'embrouille malgré moi… Pas besoin d'aller voir des films à l'Excelsior, les étés où ils venaient avec leurs amis. L'un d'entre eux peignait la mer. Feliu Roca, c'est comme ça qu'il s'appelait. Il avait fait des expositions à Paris et je crois qu'il est connu à Barcelone et qu'il a gagné beaucoup d'argent grâce à cette étendue bleue. Il l'a peinte de toutes les façons : calme, en folie, avec de hautes vagues, avec des vaguelettes. Verte, de la couleur de la peur. Et grise, de la couleur des nuages. Des marines. Il disait qu'il peignait des marines et ses amis lui disaient qu'il ferait mieux de faire des taches, que c'était ça qui plaisait aux Américains. Et ils se moquaient de lui, disant que la mer avait été assez peinte comme ça, et lui… Un garçon charmant, avec des cheveux tirant sur le blond et des yeux bleus un peu endormis, somnolents. Parfois il bégayait. Quand il n'obtenait pas les couleurs qu'il voulait : celles qu'il mélangeait, je veux dire. Et il me disait : « Il est plus difficile de peindre cette bête bleue que de s'occuper des fleurs. » Et je lui répondais : « Oui, vous avez raison. Les fleurs poussent toutes seules. C'est peut-être pour ça qu'on a aussi peu de mérite à être jardinier… » Je lui disais ça pour lui faire plaisir et alors il m'expliquait que lorsqu'il aurait peint la mer sous tous les aspects que peut prendre la mer il me peindrait, moi, assis au soleil. Je ne le croyais pas, bien sûr… Chaque été, quand il venait, j'étais content de le revoir et je crois que lui aussi était content de me voir. Six étés… En tout, six étés et un mauvais hiver… Ils avaient une amie – elles étaient deux qui venaient toujours – qui s'appelait Eulàlia. L'autre s'appelait Maragda. Elle était modiste et avait été la patronne de madame Rosamaria, qui avait travaillé avec elle quand elle était jeune, et c'est comme ça qu'elles étaient devenues amies. Quand elles revenaient du bain, le matin, je m'arrangeais pour être occupé aux corbeilles, juste là. À celle-ci, couverte de mimosa épineux ; pour les entendre parler. Et toute cette gaieté, toute cette jeunesse, tout cet argent… Et tout de tout… Deux malheurs. Un jour, j'ai vu un oiseau se laisser mourir. C'était sans doute un oiseau désespéré, comme Eugeni.

La première fois que Madame et Monsieur sont venus, c'était au début du printemps ; ils venaient de se marier. Lui, je le connaissais déjà. Je l'avais vu deux fois : quand il était venu voir la propriété avant de l'acheter et une autre fois, quand il est venu voir comment avançaient les travaux qu'il faisait faire. La deuxième fois, il m'avait dit qu'il me gardait, que je lui convenais comme jardinier. Ils avaient fait leur voyage de noces à l'étranger, suivi d'un court séjour ici. Beaucoup de promenades et de moments passés sur le mirador à regarder le va-et-vient de la mer et le ciel avec tout ce qui bouge là-dedans et bien serrés l'un contre l'autre et parfois enlacés. Si c'était le jour, quand je m'approchais je toussais pour les prévenir et, bien que ce ne soit pas un péché que deux personnes mariées se tiennent enlacées, je pensais qu'ils seraient fâchés que je les voie. Quima, la cuisinière, était venue pour ces quelques jours. Ensuite, ils ont pris l'habitude de l'engager pour la saison, parce qu'en été la cuisinière qu'ils avaient à Barcelone allait dans sa famille. Quima me demandait de lui raconter tout ce qu'ils faisaient dans le jardin et moi je lui demandais de me raconter tout ce qu'ils faisaient dans la maison, parce qu'elle savait beaucoup de choses par Miranda, une des femmes de chambre, qui venait du Brésil. Cette Miranda portait une robe noire, tellement étroite sur tout son corps, aussi mince que celui d'un serpent, qu'elle aurait mieux fait de ne rien porter du tout. Et un tablier en dentelle, pas plus grand que la main. Et elle n'était pas peu fière. Mais Quima ne pouvait pas m'en raconter beaucoup, parce qu'il ne se passait pas grand-chose. Parfois, monsieur Francesc mettait une olive dans la bouche de madame Rosamaria et elle la prenait entre ses dents… Lui, on voyait bien qu'il était fou d'elle. Quima m'a dit que quand Miranda lui racontait ça, elle, Miranda, qui était plutôt couleur de réglisse, elle devenait toute blanche. D'envie, d'après Quima. Il semblerait qu'elles sont comme ça, ces filles du Brésil. Un jour où ils étaient partis se promener en voiture, Quima m'a fait monter en haut et moi j'avais très peur qu'ils reviennent et qu'ils nous prennent sur le fait, et elle m'a dit : « Tu vas voir ces bijoux ! Monsieur Francesc est un des hommes les plus riches de Barcelone. » Et elle m'a montré beaucoup de bijoux et elle disait tout le temps qu'ils étaient en brillants ; et aussi un collier, avec une poire verte qui pendait au milieu. Des gens riches pour de bon. Et pas méfiants. Par les rainures d'un store, nous avons regardé le jardin. La villa d'à côté et les terres tout autour, ce n'était alors qu'un champ d'herbe et de lézards.

Ils sont partis et ils ont dit qu'ils reviendraient en juin avec des amis. Ils m'ont donné les clefs et m'ont confié la maison, que je devais aérer de temps en temps. Quand j'ai reçu la lettre qui disait qu'ils revenaient, je me suis réjoui. Conformément à leurs instructions, j'ai embauché Quima pour l'été et elle était rouge de joie, parce que dans sa lettre monsieur Francesc disait qu'il aimait beaucoup sa façon de préparer les soles au four. Miranda est arrivée deux ou trois jours avant, avec de grosses valises, sans dire un mot. Moi, je me suis occupé de mes plantes, à l'extérieur. Et elle de la poussière, à l'intérieur. Ils sont venus par la mer. Quelques jours plus tard, nous avons entendu la sirène du petit bateau et tout de suite après je l'ai vu approcher, et quand il a été assez près du rivage ils ont mis à l'eau le canot à moteur et ils sont restés sur la plage, parce qu'ils étaient en tenue de bain, et ils ont commencé à nager et une de leurs amies a commencé à patiner sur l'eau, comme une marionnette. Ils ont amené avec eux un professeur qui leur apprenait à patiner comme ça et madame Rosamaria, pour rire, m'a demandé si j'aimerais apprendre et je lui ai dit que pour moi c'était un peu tard. Elle m'a demandé s'il y avait des fleurs malades et je lui ai dit qu'elles étaient toutes en bonne santé, Dieu merci. Ils ont pris Mariona comme femme de chambre : une fille du village que je connaissais de vue, très jeune, petite et à la peau aussi lisse qu'un galet.

La nuit, depuis l'allée de tilleuls et de mûriers, je regardais souvent leur chambre. J'ai toujours aimé me promener la nuit dans le jardin, pour le sentir respirer. Et quand je m'en lassais, je retournais sans me presser à ma maisonnette et je sentais la vie paisible de tout ce qui est vert et plein de couleurs en plein jour. J'ai commencé à me rendre compte que quelqu'un se promenait dans le jardin tard dans la nuit. J'ai fait le guet et j'ai vu que c'était Miranda. J'étais très fâché, parce qu'elle se promenait avec une branche à la main et elle m'en fichait de grands coups sur les plantes. Une nuit, je me suis montré et je l'ai traitée de tous les noms.

— Miranda ? m'a dit Quima un jour. Je ne l'aime pas. Méfiez-vous des gens qui sont debout quand c'est l'heure de dormir. Ce que Miranda voudrait… Mais il me semble que Monsieur ne s'intéresse qu'à une seule chose… Elle peut dormir tranquille, madame Rosamaria.

— Il y a des hommes qui aiment les personnes qui viennent de loin et ça les fait penser à des arbres et à des plumes multicolores. Ils préfèrent ça, lui ai-je dit.

Et Quima m'a dit que j'étais fou à lier et qu'elle ne m'adresserait plus la parole. Pas si fou que ça. Mine de rien, Miranda tendait ses filets.

J'ai mis longtemps à en apprendre sur mademoiselle Eulàlia, celle qui savait patiner sur la mer. Elle avait la peau blanche et les cheveux noirs, et un air réservé. Elle n'était pas comme Madame, qui répandait une atmosphère qui ressemblait au beau temps. Au début, j'ai cru que Feliu, le peintre, était amoureux de mademoiselle Eulàlia, mais il avait assez de maux de tête avec sa peinture et un jour où j'ai plaisanté à ce sujet il m'a dit que les femmes qui faisaient des manières ne lui disaient rien ; que les femmes, il valait mieux que ce soit quelqu'un d'autre qui les amuse et qu'à un bouquet de roses il préférait un bouquet de… Et du doigt il m'a montré des fleurs. « Des digitales, ai-je dit, des fleurs simples. » Et il m'a dit : « Il y a des femmes qui m'avaleraient tout cru, si je ne faisais pas attention, et adieu le peintre, avant même d'avoir commencé. »

Je ne sais pas s'il avait raison et lui non plus ne devait pas le savoir, mais ça nous faisait rire. Et, de temps en temps, Quima me demandait ce que Miranda faisait la nuit.

— Rien. Elle se promène… Tant qu'elle n'abîme pas mes plantes, qu'elle fasse ce qu'elle veut.

Une nuit où il y avait beaucoup de lune, elle s'est baignée. Sans la lune, je ne l'aurais pas reconnue. Elle est entrée dans l'eau en courant, comme si elle entrait dans une mer d'encre. Et quand elle est sortie de l'eau, elle brillait comme une olive. Elle s'est étendue sur le sable et elle y est restée si longtemps que j'ai cru qu'elle s'était endormie. Et l'eau, sssaaah, ssaaah, tantôt je monte, tantôt je descends… J'ai imité le chant de la grenouille et Miranda, aucune réaction. Immobile comme une morte. À la fin, j'en ai eu assez de chanter. Je suis allé me coucher et alors que je commençais à m'endormir : coââ… coââ… coââ… Juste sous ma fenêtre. Je l'aurais tuée. Mais j'ai fait semblant de dormir et depuis lors je l'ai toujours regardée de travers.

Un jour, Madame est venue voir le jardin et je lui ai montré les semis. « Vous voyez tout ça ? lui ai-je dit. C'est tout petit, mais ça va devenir des fleurs et quand vous serez partis elles auront fleuri et il ne restera rien, juste des petites graines. » Elle avait l'air un peu estomaquée, parce que personne ne lui avait jamais expliqué aussi clairement ce qui se passe avec les petites plantes qui naissent d'une graine. Je l'ai bien regardée. Elle était belle. Elle avait quelque chose que moi, qui ne suis qu'un jardinier, je ne saurai peut-être pas expliquer. Ce que je ne sais pas expliquer, surtout, c'est les choses délicates… Et même si un jardinier c'est quelqu'un d'un peu différent des autres gens, parce que nous avons affaire à des fleurs, et nous avons aussi affaire à la terre. On peut dire qu'une chose compense l'autre. Mais avec elle, je veux dire avec Madame, c'était comme si je n'avais affaire qu'à des fleurs. Je m'embrouille un peu, je crois. Mais Madame me plaisait beaucoup... Pour la regarder, c'est tout. Parfois, j'avais envie de lui dire : « Asseyez-vous, je vais vous regarder. » Je n'ai jamais osé, évidemment. Mais je le lui aurais dit si je n'avais pas pensé que et d'un, elle aurait cru que j'avais perdu la raison, et de deux, elle m'aurait peut-être congédié.

— Il y a longtemps que vous habitez ici ? m'a demandé Feliu un jour où je le regardais peindre.

— Au village ?

— Non. Sur la propriété.

— Quand je suis revenu de l'armée. Dans ce jardin, il y a des arbres que j'ai plantés moi-même, et pas les plus jeunes. J'ai connu deux propriétaires. Madame Pepa, une dame avec un caractère de tous les diables et plus vieille que la marche à pied. Et monsieur Rovira, bon comme le pain et qui ne se mêlait jamais de rien. Mais les propriétaires actuels me laissent embellir le jardin, surtout avec des fleurs de saison, et dès le premier jour ils m'ont dit de ne pas regarder à la dépense.

— Vous aimez ce que je peins ?

— Je ne sais pas trop... On dira ce qu'on voudra, moi, la mer, je la préfère au naturel.

Et un jour il m'a dit de m'asseoir, qu'il préparait une couleur et qu'il voulait que je lui dise ce que j'en pensais, parce que lui il n'avait plus les yeux en face des trous, et il m'a fait griller au soleil parce qu'il n'en finissait pas avec son petit pinceau. Il était ravi quand je lui ai dit que la couleur ressemblait beaucoup à la couleur de l'eau, en moins léger... Et quand je lui ai dit que j'avais du travail, il m'a dit de ne pas partir tout de suite et, pour ne pas être malpoli, je suis resté encore un petit moment.

Miranda faisait beaucoup de simagrées pour le conquérir. Elle lui disait qu'il fallait qu'il la peigne devant les rhododendrons. Moi il m'avait dit qu'il me peindrait, sans que je le lui demande. Et Miranda se mettait devant lui et faisait des mines et prenait des poses et lui demandait comment il la préférait, jusqu'au jour où il lui a dit qu'il n'avait pas le temps de la peindre, mais qu'il la dessinerait. Il l'a gardée plantée debout pendant plus d'une heure et il la grondait tout le temps parce qu'il disait qu'elle avait bougé. La fille avait l'air d'être en bois et c'est tout juste si elle osait respirer. Quand il lui a montré le dessin, elle est partie furieuse, parce que Feliu avait dessiné un crapaud.

Mademoiselle Maragda disait qu'à la place de Madame elle mettrait Miranda à la porte séance tenante. Elle était jolie et c'était un danger. Et, malgré tous ses efforts, elle ne la faisait pas rire du tout. Apparemment, madame Rosamaria lui avait dit un jour qu'elle aimait le danger et qu'elle ne ferait rien et qu'elle n'avait peur de rien. Monsieur Francesc, quand sa femme était à côté de lui, il ne voyait rien d'autre. « Oui, a dit Feliu un jour, il est clair qu'il tient beaucoup à elle, peut-être plus que je n'aurais cru au début, avec l'histoire d'Eugeni. » Cette année-là, ils étaient venus avec des amis français qui avaient une fille. Ils logeaient à l'auberge de Bergadans, mais ils passaient toutes leurs journées ici. La fille patinait sur l'eau et parfois la dame s'installait à la cuisine pour préparer une spécialité. Moi, ça m'amusait toutes ces allées et venues, mais ils m'esquintaient un peu le jardin et un jour j'ai dû demander à Madame de leur dire, en mettant les formes, que s'ils voulaient des fleurs qu'ils me demandent de les leur cueillir, parce qu'ils les arrachaient et abîmaient les plantes. La jeune Française est tombée amoureuse de Feliu. Enfin, amoureuse… Ce que je veux dire, c'est qu'elle s'est accrochée à lui comme de la glu. Toute la journée, elle était devant lui, ou derrière, et elle a dit qu'elle voulait apprendre à peindre et le monsieur français a demandé à Feliu s'il voulait être le professeur de sa fille et Feliu a été obligé de dire oui pour ne pas être déplaisant envers Monsieur et Madame, mais dans le fond il maudissait la demoiselle et le père et toute la cour céleste. Et la voilà chargée d'un chevalet et d'une boîte de peinture, et le plus fort c'est que le père mettait son grain de sel et donnait des conseils à ce pauvre Feliu, qui enrageait. Il me disait : « D'abord, elle devrait apprendre à dessiner, cette créature céleste… » Mais ce qu'ils voulaient, aussi bien les parents que la fille, c'était voir des couleurs. Le jour où je lui ai raconté ça, Quima m'écoutait à peine. C'est le jour où elle m'a fait remarquer que Madame était toujours et seulement avec ses amies. Le matin elles se baignaient et ensuite elles allaient dans les villages des alentours et elles y déjeunaient. Les messieurs allaient comme qui dirait d'un côté et les dames de l'autre. Et Miranda est revenue à la charge, mais contre monsieur Francesc.

À la fin de l'été, Monsieur est venu me voir pour me dire qu'ils allaient donner une grande fête avant de partir et que je devais enlever la corbeille qui se trouvait entre les deux magnolias. J'ai cru avoir mal entendu. Qu'est-ce que vous dites ? ai-je demandé. Il a répété et j'ai eu le plus grand mal à surmonter ma surprise.

— Juste quand elle est en fleurs, avec des lis du Pérou et des pensées de Hollande ? Vous croyez qu'une corbeille en pleine floraison, c'est comme une chaise qu'on peut déplacer, tantôt ici et tantôt là ?

Mais je n'ai pas eu le choix. Il a fallu que j'enlève la corbeille et à la place ils ont mis une table qui allait d'un arbre à l'autre, d'au moins dix mètres de long.

Le lendemain, je m'occupais des œillets d'Inde et je respirais leur odeur, un peu amère, quand Quima s'est approchée de moi en essuyant ses mains à son tablier, et la première chose qu'elle m'a dite c'est :

— Il paraît qu'ils vont engager des extras.

— Et qui c'est ?

— On verra bien.

Et elle est repartie toute soucieuse. Madame lui avait dit que le jour de la fête elle n'aurait rien d'autre à faire que laver et essuyer la vaisselle. Et veiller à tout prix à ce qu'il y ait assez de glace. À cette époque, la nouvelle villa était un champ de misère, avec des mauvaises herbes et des lézards, et les bestioles qui font de la musique, des grillons, quoi. Eh bien le jour de la fête, tout était occupé par les automobiles. Le professeur de patin était déguisé en voleur, avec un trousseau de rossignols accroché à la ceinture. Ils étaient tous déguisés. La petite Française en papillon jaune et bleu et sa mère en démon. Deux jours plus tôt, les électriciens étaient venus installer des lumières dans le jardin et une semaine auparavant mademoiselle Maragda, la modiste, avait fait venir une bande de filles de son atelier et elles étaient toutes au deuxième étage, à confectionner des vêtements pour la fête. Et elles allaient à tout bout de champ à Barcelone pour acheter des dentelles et des rubans, et il manquait toujours quelque chose et Quima et Mariona devenaient folles à cause de tout le travail qui leur tombait dessus. Trois jours avant, les averses ont commencé. Dès qu'ils préparaient quelque chose, il se mettait à pleuvoir comme vache qui pisse. La mer était démontée et la petite Française collée à Feliu comme une sangsue, Monsieur et Madame de mauvaise humeur, le professeur de patin toute la journée à can Bergadans à jouer aux cartes avec le monsieur français. Les filles cousaient et tout le monde regardait le ciel avec inquiétude. Les topinambours, derrière ma maisonnette, étaient par terre, le canot à moteur s'est détaché et ils ont dû aller le chercher avec une barque et le professeur de patin a failli y laisser la peau parce que la mer était comme un diable en furie. Je restais enfermé toute la journée ; de temps en temps, je regardais par la fenêtre et, si la pluie s'arrêtait un peu, j'allais jeter un coup d'œil pour voir les dégâts dans le jardin. Et la nuit glou… glou… glou… le bruit des rigoles. Et la dernière nuit de pluie, ça a été énorme.

Coups de tonnerre et éclairs en veux-tu en voilà. Impossible de dormir. J'avais la fenêtre ouverte et je voyais les arbres et l'eucalyptus bim, bam, secoués d'un côté à l'autre. Et les feuilles les plus fragiles tombaient par terre et j'ai eu plusieurs gouttières au plafond. Au petit matin, tout s'est calmé et la pluie tombait régulièrement, sans excès. À dix heures, le soleil est apparu comme un prince et la mer est devenue toute bleue.

La fête a commencé par des feux d'artifice. Madame Rosamaria, quand elle est venue me voir pour me demander d'ouvrir les portières des voitures et de leur dire de les mettre dans le champ à côté, pour ne pas gêner, m'a aussi demandé si les artificiers pouvaient préparer leur affaire dans ma maisonnette. Et ils ont rempli ma salle à manger de caisses de fusées et si ça avait pris feu tout aurait explosé.

Tout le monde connaît les feux d'artifice, évidemment. Mais des comme ça, je crois qu'il n'y en avait pas de pareils dans le monde. Ça a duré une demi-heure, montre en main. De marguerites et d'étoiles et de bouquets de toutes les couleurs... Il y avait un motif qui était composé d'étoiles et elles sont restées figées dans l'air pendant près d'une minute, sans se désagréger, et j'ai failli y passer, parce que je retenais ma respiration sans m'en rendre compte. Feliu est venu me trouver.

— Ça vous plaît ?

— Quelle nouba !

— Vous savez pourquoi ? Cette fête...

J'ai dû lui dire que je ne savais pas et alors il m'a dit que madame Rosamaria était enceinte et que monsieur Francesc avait voulu fêter ça.

— Pas possible !

Nous nous sommes accroupis en même temps, parce qu'on avait allumé un chapelet de pétards et beaucoup de fusées et des tas de flammèches nous tombaient dessus. C'est alors que monsieur Francesc est arrivé, très fâché.

— Qu'est-ce que vous faites là ?

— Eh bien, rien de particulier, je regarde.

— Vous avez oublié que je vous ai dit de rester à l'entrée ? De nouveaux invités sont arrivés et ils ont laissé leur voiture au milieu du jardin.

Avec Feliu, nous sommes allés voir la voiture et Feliu est monté dedans et l'a conduite dans le champ. Au retour, nous sommes passés au milieu des gens et les musiciens avaient commencé à jouer et tout le monde dansait et j'ai vu les extras sous les magnolias, debout derrière la table. La pauvre Quima ne savait pas où donner de la tête... Ils étaient six, vêtus de noir, avec des revers brillants et les cheveux terriblement gominés. Tout d'un coup, je me suis rappelé que je devais rester à l'entrée et j'ai filé comme l'éclair et j'y suis resté jusqu'à onze heures. Il m'a semblé que cela suffisait. Ensuite, je suis retourné les voir danser et j'ai regardé les extras de près. Ils les avaient amenés de Barcelone et ils servaient très bien tout ce que les invités leur demandaient, avec de très bonnes manières. Madame Rosamaria était habillée en princesse, avec des voiles couleur fumée couverts de pierreries qui brillaient et les cheveux défaits. À la fin, je me suis lassé de toute cette agitation et je suis allé au mirador, mais Monsieur était là, déguisé en squelette, avec deux messieurs qui portaient une cape de soie, et à ce que j'ai pu entendre ils parlaient de la tempête et du canot à moteur qu'ils avaient dû aller chercher alors que ça soufflait fort. Je suis allé à ma maisonnette et, par la fenêtre qui donne sur l'arrière, j'ai entendu parler. Comme on ne fait pas de bruit en marchant avec des espadrilles, je me suis approché tout près et c'était mademoiselle Eulàlia et Maragda.

— Je ne sais pas ce qu'elle veut de plus. Tu te serais mariée, toi ?

— Quelle question… Mais j'attends qu'il se passe quelque chose.

— Quoi donc ?

J'ai toussé involontairement ; elles se sont tues et sont parties.

Alors que je commençais à m'endormir, Quima est venue me chercher, en toute hâte. Pour me demander si j'aurais l'amabilité de les aider à la cuisine, pour laver la vaisselle, parce qu'elles ne suffisaient pas à la tâche. Elle était très vexée, parce qu'on ne l'avait pas laissée rôtir les poulets. Sur la table, sous les magnolias, il y avait de tout. Des montagnes de morceaux de poulet. Des piles de saucisses et de jambon blanc et de jambon salé. Et de la mortadelle et toutes sortes de mets délicats et des crevettes sans carapace, couvertes de mayonnaise. Les invités disaient je prends ça et ça je n'en veux pas. S'ils avaient envie de se servir ils se servaient et s'ils avaient la flemme de se servir les extras les servaient et le champagne coulait à volonté. La jeune Française en a bu un peu trop et il paraît qu'on l'a emmenée se coucher à minuit, que la tête lui tournait et que ses ailes de papillon étaient toutes froissées. Une dame s'est mise à chanter et à danser et les autres ont fait cercle et l'ont applaudie très fort parce que c'était un très beau spectacle. À une heure du matin, un groupe est allé se baigner et ils riaient. Moi, j'ai aidé à la cuisine du mieux que j'ai pu, c'est-à-dire assez peu. Deux heures passées à essuyer les assiettes et à la fin je leur ai dit que ça suffisait comme ça et que j'allais me coucher parce que le lendemain personne ne ferait le travail qui m'attendait pour réparer toute la pagaille qu'on m'avait mise dans le jardin. Et quand je trouvais le sommeil pour la deuxième fois, j'ai entendu une très jolie voix qui disait :

— Ouvrez, ouvrez. Vous dormez ?

J'ai enfilé mon pantalon aussi vite que j'ai pu et je me suis trouvé face à Madame, qui m'apportait une assiette pleine de victuailles.

— Vous devez avoir votre part, il ne manquerait plus que ça ! Et Quima a très mal fait de vous demander d'essuyer les assiettes.

Elle est partie et au bout d'un moment des pas sur le sable et pan ! pan ! Et une voix d'homme :

— C'est vous le jardinier ?

— Oui monsieur, ai-je répondu, la bouche pleine.

— Je vous laisse une bouteille devant la porte, vous m'entendez ?

Je suis sorti prendre la bouteille, c'était du champagne et elle n'était pas débouchée. C'est un extra qui me l'avait apportée. Et tout à coup j'entends patatras ! Et je me mets à courir. C'est l'extra qui était tombé. Je l'ai aidé à se relever et il boitait. Comme il était de Barcelone, je crois bien qu'il n'avait pas l'habitude de marcher dans l'obscurité.

J'ai mangé tout ce qu'il y avait dans l'assiette, et pourtant j'avais davantage sommeil que faim. J'ai fini de manger assis sur le pas de la porte, à la clarté de la lune, qui commençait à monter le long de l'eucalyptus. Elle était apparue derrière la rambarde du mirador, un peu rouge, comme si elle annonçait de la pluie.

— Vous êtes en train de dîner ?

C'était à nouveau Feliu, qui mangeait lui aussi. Je lui ai montré la bouteille.

— Regardez ce qu'on m'a apporté.

Je ne sais pas d'où est sortie la jeune Française et Feliu s'est levé et s'est enfui comme une fusée du côté des topinambours. La petite s'est plantée devant moi.

— Bonjour, a-t-elle dit.

Apparemment, elle avait appris à dire quelques mots. Elle s'est assise à côté de moi, muette comme une carpe. Au bout d'un moment, son père est arrivé. Il avait dû la chercher partout, désespérément, et il l'a emmenée en la tirant brusquement. Il était habillé en cuisinier et, comme il était très gros, c'était à s'y méprendre. Et dès qu'il a disparu Feliu s'est montré à nouveau.

— Vous allez être fâché.

— Qu'est-ce qu'il y a ?

— On a écrasé vos coronilles.

Nous sommes allés les voir, sans attendre. On dit qu'un malheur n'arrive jamais seul. Les coronilles, piétinées. Et les lupins colorés, de même. Tout était bon à jeter. Comme si une plante était un outil qui se casse et on en achète un autre pareil. Ils dansaient encore et moi le sang m'était monté à la tête. Quelques invités étaient entrés dans la maison et, par une fenêtre, nous avons vu monsieur Francesc qui jouait au billard avec le professeur de patin. Trois messieurs les regardaient, debout. Monsieur Francesc, habillé en squelette, n'était pas beau à voir derrière la vitre verte. Miranda est entrée, portant un plateau couvert de verres et de bouteilles de liqueur. Dès qu'elle a posé le plateau, un des messieurs qui étaient debout s'est approché d'elle et a soulevé son tablier ; elle lui a tapé vivement sur les doigts et il l'a laissée tranquille. Elle a ramassé les verres vides et elle n'a pas pu les emporter tous, parce qu'ils ne tenaient pas sur le plateau. J'ai marché sur quelque chose de mou. C'était le bras d'un invité qui s'était endormi sur l'herbe. Et l'homme a gémi.

Ça a été une nuit de folie. Mais tout s'est bien terminé. Quand je me suis endormi, le soleil se levait et la maison semblait morte. Ils ont passé la journée au lit.

Le lendemain, alors que je regardais si je pouvais sauver les coronilles et que j'arrachais les lupins, une camionnette s'est arrêtée à l'entrée et l'homme qui était assis à côté du chauffeur est descendu et a frappé à la porte. Il a laissé un tas de paquets et a dit que tout était payé. Les paquets contenaient des palmes et des lunettes pour aller sous l'eau. Il y avait aussi des tubes pour respirer.

Avec Feliu, nous sommes allés un moment au mirador. L'eau était claire et nous pouvions voir tous leurs mouvements. Madame Rosamaria aussi mettait la tête dans l'eau. Au bout de quatre jours, ils se débrouillaient bien et ils allaient se rôtir encore plus loin. Quand ils ont vraiment su faire, ils sont partis pour Barcelone et à l'année prochaine.

Cela devait faire un mois qu'ils étaient partis. Un après-midi, j'étais près de l'entrée en train de regarder des plantes qui ne venaient pas bien et j'étais tellement distrait que je ne l'ai pas entendu arriver.

— Vous savez si c'est à vendre ?

C'était un homme d'âge moyen, un peu plus, très bien habillé, au visage légèrement rouge et avec une épaisse chevelure blanche.

— Pardon… ai-je dit en me retournant.

— Je voudrais savoir si ce terrain est à vendre.

Le monsieur parlait du terrain derrière ce qui est maintenant la haie de buis.

— Je ne saurais pas vous dire, ai-je répondu en rejetant un peu ma casquette en arrière.

Je savais que ce champ avait appartenu au vieux Farreres, qui avait vécu de nombreuses années à Tarragone et qui était mort riche. Il avait laissé un fils. Mais ce fils, nous ne l'avions jamais vu au village.

— Ça fait longtemps que je le vois comme ça, ce champ. Comme s'il n'avait pas de propriétaire.

— Vous ne savez pas à qui je pourrais parler, pour l'acheter ?

Après avoir beaucoup réfléchi, je lui ai donné le nom du vieux qui était mort et je lui ai dit que le fils était peut-être vivant et que c'était tout ce que je pouvais lui dire. Il a sorti un carnet et il a noté tout ce que je lui disais et après il m'a demandé le nom de mes patrons. Je le lui ai dit, même si ça ne me plaisait pas du tout, mais il ne partait toujours pas. Alors, il m'a demandé si le village était un village tranquille, si les gens étaient de braves gens et des tas de choses dans ce genre. Quand il m'a suffisamment tiré les vers du nez, il m'a dit qu'il était parti tout jeune pour l'Amérique, pour gagner de l'argent, et qu'il en avait gagné beaucoup. Qu'il avait une fille très gâtée, qui devait se marier à la fin de l'année et que, pour lui faire plaisir, il cherchait une propriété dans ce village, une propriété avec un jardin sur la mer.

II

Le deuxième été, ils sont venus tous en même temps. La première chose que j'ai apprise, c'est que madame Rosamaria avait perdu son bébé le jour des Rois et, même si cela faisait plusieurs mois de cela, elle était encore blanche. Les trois dames passaient leurs après-midi ensemble, à bavarder. Feliu peignait, mais ses mers étaient devenues plus agitées, comme s'il était fâché, avec des épaisseurs de peinture... On aurait dit qu'il y mettait comme du ciment. Monsieur Francesc traînassait dans le jardin, mais surtout dans la maison. On peut dire que cette année a été l'année de Miranda.

Bien vite, ils ont commencé à s'ennuyer et pour se distraire ils ont fait venir le professeur de patin, qui est arrivé par la terre, comme eux, et un peu morose lui aussi. Ils ont acheté une barque rouge, à rames, parce qu'ils disaient que ramer, c'était un bon exercice. Et à peine avaient-ils dit cela qu'ils ont commencé à faire des excursions en voiture, et ils n'étaient jamais à la maison.

Un matin, alors que je faisais une plate-bande de trompettes des anges et de pulmonaires, deux camions sont arrivés, avec un contremaître, des maçons et des hommes armés de pics et de pioches, et ils ont commencé à creuser les fondations de la nouvelle villa. Et quand les fondations ont été bien avancées, on a revu ce monsieur qui avait fait fortune en Amérique et qui s'appelait Bellom. Il portait un costume de fil blanc, avec un œillet à la boutonnière. Les pulmonaires étaient un peu rachitiques et je les ai remplacées par des véroniques, avec un peu de crainte que leur ombre porte préjudice aux trompettes. Monsieur Bellom allait d'un côté à l'autre et dérangeait tout le monde, comme s'il allait construire la villa lui-même. Le premier jour, il m'a dit :

— Que plantez-vous ?

— Des véroniques.

Il venait le matin et l'après-midi et chaque fois nous bavardions. Un jour, il m'a raconté que sa femme était morte à la naissance de leur fille. Ensuite, il a tiré de sa poche un papier froissé et l'y a remis.

— Je viens de recevoir une lettre d'elle, m'a-t-il dit. Elle a tout juste vingt ans et c'est le portrait craché de sa mère... Les mêmes yeux, les mêmes cheveux... Pour le caractère, c'est à moi qu'elle ressemble... La semaine prochaine, cela fera six mois qu'elle s'est mariée.

— Je n'ai jamais eu d'enfants, lui ai-je répondu, et j'en suis plutôt content. Il y a assez de malheureux dans le monde comme ça.

Les premiers temps, monsieur Bellom faisait un peu peur aux gens du village. Plus tard, ils l'ont respecté ; ils disaient que c'était un brave homme. À la fin, ils ne lui prêtaient plus attention. Quand il m'a eu assez parlé de sa fille, il a commencé à me parler de sa femme et à me dire qu'il avait été l'homme le plus amoureux du monde. Ce qui lui arrivait n'était jamais arrivé à personne. Mais à vrai dire, quand il parlait de sa femme, ses yeux devenaient humides. Un après-midi, je l'ai emmené devant l'eucalyptus et je lui ai expliqué qu'il était dans le jardin avant que la plupart des maisons du village soient construites. « Cet arbre, lui ai-je dit, a vu beaucoup de peines et beaucoup de joies. Et il est toujours pareil. Il m'a appris à être comme je suis, chaque feuille comme une faucille et chaque bouton comme une boîte de plomb, avec à l'intérieur une petite fleur poilue et rouge. » À l'époque, le jardin était beaucoup plus sombre, plus caché que maintenant. La villa de monsieur Bellom, si neuve, si blanche, avec ses volets peints en noir et en rouge, son jardin sans arbres, a abîmé quelque chose, il est difficile de dire quoi exactement. Le jour de l'eucalyptus, j'ai fait venir monsieur Bellom jusqu'à ma maisonnette, avec les grands rochers en surplomb et les pins au-dessus. Je lui ai dit que j'habitais là depuis que j'avais été soldat. Toute ma vie, au service de cette maison… Sur le toit plat, il n'y avait pas de balustrade, et pas d'escalier non plus pour y monter, mais je m'étais fabriqué moi-même une échelle en bois et j'y passais les nuits chaudes enveloppé de l'odeur du chèvrefeuille, à écouter le rossignol qui y nichait. Et, presque sans m'en apercevoir, je me suis mis à raconter mon histoire à monsieur Bellom.

— Je suis venu au monde, lui ai-je dit, par l'opération du Saint-Esprit. Ma mère le répétait à tout le monde…

Monsieur Bellom a ri un peu et a dit :

— Continuez, continuez…

Et ma mère disait : « Mon fils n'imagine pas le mal que j'ai eu ; une déchirure de deux doigts de long. Et avec mon mari on ne sait toujours pas comment ça s'est passé, parce que dès que ça me faisait un peu mal je me mettais à pleurer et lui, il se désespérait. » Et mon père disait : « Mon fils, tu es né d'un miracle. Il faut croire que tu devais venir au monde, d'une façon ou d'une autre. »

Je suis né à midi, avec une croix au palais. Tout le village est venu la voir. Enfant, j'ai passé ma vie la bouche ouverte. Ma mère faisait en sorte que je sois toujours propre et net, prêt à la montrer. « Ouvre la bouche, qu'on puisse voir la croix. » Quand je lui racontais tout ça, monsieur Bellom m'écoutait sans rien dire et, si je m'arrêtais, il disait : « Continuez, continuez… » Et je continuais. Quand j'ai commencé à penser, j'étais toujours un peu effrayé à l'intérieur, d'être si différent de tout le monde. Si je sortais jouer devant la maison, les enfants de la rue m'entouraient et voulaient que je leur montre la croix. Quand j'ai été un peu plus grand, un matin où j'étais resté à la maison parce que j'étais enrhumé, je me suis approché de la glace, j'ai ouvert la bouche en penchant la tête en arrière et je n'ai rien vu. À vrai dire, cela faisait longtemps que plus personne ne parlait de la croix. J'ai pensé que les grands ont peut-être des yeux différents de ceux des petits. Et plus tard j'ai pensé autre chose : que ma croix s'était estompée tandis que je perdais mon innocence.

Mais ce qui lui plaisait le plus, à monsieur Bellom, c'était que je lui parle de Cecília. Le premier jour, dans ma petite maison, il est tombé en arrêt devant le fauteuil à bascule. « C'était le fauteuil de Cecília, lui ai-je dit. Et ce ruban que j'ai attaché à l'accoudoir, c'est le ruban avec lequel Cecília s'attachait les cheveux. » Et monsieur Bellom a demandé : « C'était votre épouse ? » « Oui. Et elle avait tellement de cheveux, tellement fins, qu'ils ne tenaient pas en place si elle ne les attachait pas : ils s'échappaient des épingles. » Et je lui ai montré l'étagère avec la veilleuse, le portrait de Cecília, avec un galet devant. Monsieur Bellom a pris le portrait, l'a regardé un instant et l'a reposé. « Mais qu'est-ce que c'est, un portrait, sans tout ce qui vous fait tomber amoureux, le regard, la voix, et la façon de parler ? » lui ai-je dit.

Et je ne lui ai pas raconté, parce que j'avais peur de le

lasser, que Cecília portait toujours des vêtements lilas. Des petites robes de tissu à carreaux lilas et blancs. Mais de loin on aurait dit qu'elles étaient unies, couleur lilas. Elle avait les yeux qui tiraient sur le vert, petits, un peu enfoncés, très brillants. Plutôt petite que grande et très mince, avec le ventre rentré à l'intérieur. La peau brune, d'un ton plus soutenu en été. Les cheveux étaient ce qu'elle avait de plus joli : blonds comme le soleil et longs comme une cascade. Et quand je suis revenu du cimetière j'ai donné des coups de poing contre l'eucalyptus jusqu'à avoir les mains en sang. « Tu veux me coiffer ? » me demandait-elle. Et elle s'asseyait et je la coiffais avec un peigne couleur de miel. Et quand, sur le lit, nous jouions à nous battre, il m'arrivait de nouer ses cheveux autour de mon cou et nous nous mettions à rire. Nous étions une seule personne. Comme l'eucalyptus, je vivais droit et tranquille. Les bras bien attachés aux épaules et les pieds bien plantés dans la terre. Et quand elle est morte… elle est morte entre mes mains, comme un oiseau, pourrait-on dire… tout a fichu le camp. Comme si on m'avait mis en miettes et qu'on les avait dispersées.

Il a fallu deux ans avant que je lui dise que je l'aimais. Elle travaillait à la grande maison, du temps de madame Pepa. Elle avait été embauchée pour aider la femme de chambre. Le premier jour que je l'ai vue, avec cette petite robe romarin et ces cheveux si blonds… Peut-être que personne ne me croira, mais je suis resté deux ans amoureux d'elle sans même qu'elle s'en rende compte. Je ne la regardais même pas si on se rencontrait. Mais je la sentais.

Et ça nous a beaucoup rapprochés, de mettre des fleurs dans les vases. Madame Pepa lui avait confié cette tâche. Moi, j'apportais les fleurs à la maison, je les laissais sur la table de la galerie et elle faisait les bouquets et ornait les pièces avec tout ce que je lui apportais de beau, du jardin. Un jour, j'avais posé le panier plein de fleurs sur la table quand on a frappé à la porte et elle a couru ouvrir. Avant, elle a enlevé son tablier… Eh bien, j'ai pris le tablier et j'ai fait quelque chose de mal : j'ai regardé ce qu'il y avait dans ses poches. J'y ai trouvé le galet, et je l'ai gardé. C'était la première chose que j'avais d'elle. Je le mettais dans ma bouche quand je travaillais, comme une confiserie. C'est peut-être difficile à comprendre, qu'elle m'ait inspiré tant de… Mais c'est qu'elle avait seize ans quand je l'ai connue, et moi j'allais sur mes trente-cinq ans.

Un matin, alors qu'elle confectionnait un petit bouquet de muscari à grappe, elle m'a demandé pourquoi je riais.

— Je ne sais pas, ai-je répondu. Quand je vous vois, j'ai envie de rire.

Le fait est que, dès que je la voyais, je sentais une sorte d'attendrissement. Mais je n'ai pas raconté comment avait commencé l'histoire du galet. C'était un après-midi nuageux. Je taillais les rosiers et je l'ai vue arriver de loin. Elle venait de balayer le mirador et marchait tranquillement. Soudain, il s'est mis à pleuvoir. Elle s'est réfugiée sous un mûrier et j'ai interrompu mon travail pour m'abriter à côté d'elle. Nous parlions de la pluie et, brusquement, elle est restée comme ensorcelée : elle regardait le galet, à ses pieds. Ensuite elle l'a ramassé et l'a mis dans sa poche, sans rien dire. Il était blanc, il est blanc, mais il avait l'air encore plus blanc, parce qu'il était mouillé par la pluie ; et la bande noire qui l'entoure avait l'air encore plus noire. Sec, il n'est pas si blanc que ça, et la bande n'est pas si noire. Quand la pluie a cessé, elle est partie en courant.

Cela fait près de vingt ans qu'elle est morte... Il y en a eu, des femmes qui m'ont tourné autour ! Des pleins paniers. D'ici et de l'extérieur, du village. Peine perdue. C'étaient des femmes. Elle, ce n'était pas une femme. Je ne peux pas expliquer. C'était une tendresse.

Et il est temps de parler à nouveau de Monsieur et Madame.

Quand il faisait mauvais, ils se retrouvaient dans la galerie pour le petit déjeuner. S'il faisait bon, ils déjeunaient dehors, sous les magnolias. La galerie, ils l'appelaient le transatlantique, et à l'intérieur tous les appuis de fenêtres étaient entourés d'hortensias bleus ; de même que la fontaine qui était au milieu et qui ne coulait presque jamais. Madame Pepa voulait qu'il y ait là des tulipes tardives, des tulipes à falbalas. À cause d'un pot de fleurs, nous avons eu une bonne discussion avec Monsieur.

Aux portes-fenêtres, il y avait des rideaux de soie bleue et en été, quand l'air les agitait, à peine un soupçon, on aurait dit des drapeaux. Un soir, j'étais assis à l'entrée de ma maisonnette et soudain j'ai entendu une sorte de rire étouffé et il m'a semblé voir deux ombres dans l'allée de tilleuls. Ma curiosité étant piquée, j'ai fait un détour et je suis revenu par le chemin du haut, mais ils étaient déjà près du mirador. Quand je suis arrivé, ils étaient déjà en bas et alors je me suis penché à la balustrade, à moitié caché derrière un pot de fleurs. Ils étaient allés à gauche, du côté où la plage est fermée par les rochers. C'était une nuit calme, pas trop sombre, avec le poivre des étoiles qui tremblotait. Peu à peu, je les ai distingués dans la masse sombre, étendus côte à côte : Monsieur et Miranda ! Malencontreusement, dans l'excitation de cet espionnage, j'ai donné un coup de coude dans le pot de fleurs et il a dégringolé en bas. J'ai détalé à toutes jambes.

Le lendemain, pendant que je préparais mon déjeuner, j'ai entendu que quelqu'un entrait dans la salle à manger. Je suis sorti de la cuisine. Monsieur était planté là, dans un peignoir à rayures.

— Bonjour.

Il est resté un moment sans dire un mot. Après m'avoir bien regardé, il a dit :

— Un pot de fleurs du mirador est tombé sur la plage. Il faudrait ramasser les morceaux, pour éviter que quelqu'un se fasse mal.

— Un pot de fleurs ?

J'ai fait mine de ne pas comprendre, mais j'ai vu tout de suite que ça ne lui plaisait pas.

— Il est tombé hier soir. Et il n'y avait pas de vent.

Et il s'est passé quelque chose : tous les deux, involontairement, nous nous sommes regardés et nous nous sommes mesurés du regard et nous avons dû nous retenir de rire. Je veux dire que nos yeux ont brillé subitement et que les commissures de nos lèvres ont frémi.

— Il est tombé à la verticale de la balustrade.

Il a pris un air distrait, un peu comme s'il regardait le plafond, et il a ajouté :

— Il faisait bon, hier soir.

Pour ne pas répondre, je lui ai demandé s'il avait décidé ce qu'il fallait faire des baquets. Il a dû réfléchir.

— Quels baquets ?

— Les baquets de camélias. Vous ne vous rappelez pas que vous m'avez dit que vous vouliez que je mette en pleine terre les camélias sous la galerie, et que je vous ai dit qu'il fallait acheter de la terre de châtaignier ?

— Oui, oui... Comme vous voudrez. Ma femme trouve aussi qu'il faut les enlever – et en disant « ma femme » il est devenu tout rouge. Mais elle dit que s'ils doivent souffrir en pleine terre, elle préfère encore garder les baquets ; même si ce n'est pas très joli.

Il s'est retourné en direction de la porte, mais il n'avait pas l'air très décidé. Quand je m'y attendais le moins, il s'est tourné à nouveau, il a tiré de sa poche un papier un peu froissé et j'ai vu tout de suite que c'était un billet de banque. Il l'a posé sous le rebord de l'assiette de salade et il est parti en disant :

— D'accord.

J'étais furieux. Quand j'ai eu l'idée de courir derrière lui pour lui rendre le billet, il était trop tard. Je savais qu'ils allaient tous à la plage tôt et que lui ne descendait jamais avant midi. Le lendemain, je suis allé à la maison vers cette heure, certain que je le trouverais en train de lire le journal. La fontaine coulait peu, mais elle était allumée. Et Monsieur et Miranda étaient enlacés.

La première chose que j'ai vue, c'est la tête de Miranda entre l'épaule et les cheveux de Monsieur. Lui, il me tournait le dos. Je ne sais pas combien de temps est passé. Beaucoup ou peu. Juste ce qu'il fallait pour que je me retire. Je n'ai jamais su si Miranda lui a dit qu'elle m'avait vu. Mais, toute la journée, j'ai eu la tête de Miranda devant les yeux, comme une tête coupée.

Et j'y suis retourné le lendemain. Avec plus de succès. Il était assis en train de lire. Dès que je suis entré, il m'a regardé et m'a demandé si on avait apporté le fumier. Bien sûr, il voulait parler de la terre de châtaignier. Je lui ai dit que non et aussitôt, pour qu'il ne me serve pas une autre sottise, je lui ai tendu le billet.

— L'autre jour, vous avez fait tomber ça.

Il a pris un air surpris :

— Vous dites ?

— Je dis que ce billet est à vous.

Je le lui ai donné, il l'a regardé et, comme s'il ne comprenait pas, il m'a dit que je me trompais.

— Il est à vous… Vous l'avez laissé le jour où vous êtes venu me dire que le pot de fleurs était tombé… Vous l'avez laissé sur la table.

Il est resté un instant sans rien dire, on voyait bien qu'il réfléchissait à cent à l'heure.

— Pour la peine de ramasser les morceaux du pot de fleurs…

Il a dit cela tellement vite et avec une telle fureur que je suis parti aussitôt, sans piper mot.

Le soir, alors que je prenais le frais sur le pas de ma porte, voilà Quima qui arrive :

— Vous ne savez pas ce qui se passe ?

— Où ?

— Ici. À ce qu'il semblerait, quand Madame a été certaine qu'elle était comme elle était, elle a dit qu'elle ne voulait pas. C'est pour ça qu'elle a l'air d'une déterrée. Ils se sont fâchés très fort, parce que lui il voulait un enfant. Avec la fête qu'ils ont donnée l'an dernier ! Il est parti tout seul, deux mois, sur les chemins du Seigneur. Comme s'ils étaient séparés…

— Et par qui ça s'est su ?

— La mulâtresse.

— Alors n'en croyez rien.

Je pensais qu'elle avait fini, mais elle s'est approchée tout près de mon oreille et elle a dit à voix très basse :

— Madame voulait la chasser, mais Monsieur n'a pas voulu ; il lui a dit que c'était une brave fille. Et Madame, pour ne pas lui dire clairement pourquoi elle n'aimait pas Miranda, elle a laissé courir. Comment vous croyez que ça va finir, tout ça ?

— Comment voulez-vous que ça finisse ? Croyez-moi

et ne vous en faites pas.

— Alors vous pensez que ce n'est pas sérieux ?

Avant de partir, elle m'a dit qu'elle avait appris que le mari de mademoiselle Eulàlia allait venir.

— Je ne savais pas qu'elle était mariée.

— Ah non ? Et vous savez ce qu'il fait ? Il chasse les lions. Des trucs de gens riches.

Madame lui en avait parlé, un jour. Apparemment, ils s'étaient mariés très amoureux, mais c'est comme tout, avec les années ils se sont lassés. Comme ils s'étaient beaucoup aimés, ils n'ont pas voulu se séparer. Pour se distraire, ils sont allés en Afrique chasser les lions. Mademoiselle Eulàlia y est restée deux ou trois ans pour tenir compagnie à son mari, toujours à arpenter les montagnes, à traverser les fleuves dans un sens et dans l'autre, mais à la fin elle n'en pouvait plus et elle est revenue. Et ils étaient heureux comme ça. Ils se voyaient de temps en temps et, à ce qu'il paraît, ils s'aimaient. Un coup il allait à Barcelone et un autre coup elle allait en Afrique. Et en faisant la navette, ils avaient pu arranger les choses.

Je n'avais jamais vu personne comme monsieur Sebastià. Il devait avoir environ trente-cinq ans, qu'il portait très bien. Parfois, quand il riait, il se pliait en quatre et il avait l'air d'avoir vingt ans. Les cheveux blonds, avec des yeux un peu gris. Très mince, très grand, avec une ride très marquée de chaque côté de la bouche, dont Quima disait qu'elle venait sûrement de la tristesse d'être tout seul en Afrique, et moi j'étais certain que c'était à force de rire. Il est venu avec un lionceau et deux peaux d'âne-zèbre, qu'ils ont aussitôt accrochées au mur. Et il a apporté beaucoup de joie. Et de l'animation. Ils ont fait faire par le forgeron une cage pour le lion, avec une cabane pour dormir. C'était un animal de premier ordre, beau et calme, qui mangeait d'énormes morceaux de viande. Il avait le poil brillant et des yeux de verre, avec des éclats de soleil. Il avait l'air de s'ennuyer un peu et il dormait comme un loir. Certains soirs, j'allais lui tenir compagnie un moment. Je m'asseyais à côté de sa cage et il venait me voir, il me regardait, parfois il s'asseyait près de l'endroit où j'étais, d'autres fois il allait se coucher bien loin. Il lui arrivait d'être très joueur. Bon : nous avions le lion dans sa cage, les peaux accrochées au mur et tout l'été devant nous. Monsieur Sebastià, tout chasseur qu'il était, nageait comme un poisson. Nous sommes tout de suite devenus amis et, le premier jour où nous avons bavardé un peu, il m'a dit que, lorsqu'il reviendrait, il m'apporterait des graines et des plantes de ce pays, qui étaient à tomber à la renverse. Une en particulier, dont il ne connaissait pas le nom, qui était comme un tournesol couleur de feu, qui se refermait dès qu'on la regardait trop longtemps.

Un soir, alors que ça ne faisait pas quinze jours qu'il était arrivé, il est venu me chercher, me disant de le suivre si je voulais rire. Nous sommes allés à l'arrière de la maison et nous nous sommes arrêtés sous le balcon du professeur de patin ; une longue corde pendait à la rambarde et je me rappelle que les pittosporums fleuris dégageaient une odeur entêtante. « Aidez-moi à tirer sur la corde », m'a-t-il dit à voix basse. Nous nous sommes mis à tirer tous les deux ; au début, c'était un peu difficile, puis la corde a commencé à glisser rapidement, jusqu'au moment où elle s'est coincée. « Tirez un grand coup ! » En haut, il y a eu des cris. « Et maintenant, courez ! » Et nous avons couru jusque chez moi et, une fois à l'intérieur, je lui ai demandé ce qu'il s'était passé.

Il m'a dit qu'il était entré dans la chambre de l'homme aux patins quand celui-ci était déjà endormi et qu'il avait attaché la corde aux pieds du lit. « Tout doucement, comme les Africains quand ils chassent le rhinocéros. » Et les cris qu'avait poussés l'homme aux patins quand il s'était retrouvé sur le balcon, avec son lit et tout ! Il avait été réveillé par la secousse qui avait ébranlé le lit quand il s'était coincé contre la marche.

Monsieur Sebastià était le plus âgé de tous, parce que les autres étaient encore à moitié des gamins, mais c'était le plus drôle. Certains jours, on aurait dit un fou. Une autre fois, il est venu me chercher à deux heures du matin. « Prenez l'appareil », m'a-t-il dit, et il m'a tendu un appareil à faire des photos. Il portait un pantalon court et était pieds nus. Nous sommes arrivés à la maison dans l'obscurité et une fois à l'intérieur il a allumé une petite lampe pour que nous puissions monter l'escalier. Sur le palier, nous nous sommes arrêtés devant la porte de mademoiselle Maragda. « Tenez le magnésium et passez-moi l'appareil. » Il m'a dit qu'avec le magnésium ils auraient encore plus peur. Nous avons ouvert et la porte du balcon, qui était grand ouverte, laissait entrer un peu de clarté nocturne. Alors, monsieur Sebastià a rallumé la lampe, pour bien voir la situation, et a pris une photographie de mademoiselle Maragda, qui a poussé un cri d'effroi et s'est assise dans son lit. Après avoir pris la photographie, il l'a calmée avec de bonnes paroles, parce qu'elle était furibonde, et il l'a fait venir avec nous. Et nous sommes allés tous les trois à la chambre de Feliu. Il ronflait. Il a commencé à le taquiner avec la lampe et Feliu, qui était un peu sur le côté, s'est éventé avec la main comme s'il voulait chasser une mouche. Nous étions sur le point de sortir quand nous l'avons entendu dire tout bas : « Imbéciles. » Et comme ça nous les avons tous photographiés. Celle qui s'est mise le plus en colère, c'est mademoiselle Eulàlia, parce qu'elle était éveillée et lisait, nue de la tête aux pieds. Elle s'est tellement mise en colère que son mari lui a jeté une bouteille d'eau au visage ; et ensuite elle nous a couru après, mais sans mauvaise intention.

Pour rire, nous avons bien ri.

Un jour où Miranda leur servait le petit déjeuner, monsieur Sebastià lui a demandé si elle aimait se baigner, et elle a répondu qu'elle préférait se baigner dans la rivière, parce que l'eau salée lui entrait dans le nez et ça la dérangeait. Ils se sont tous mis à lui proposer d'aller se baigner avec eux et monsieur Sebastià lui a dit qu'il la tiendrait pour que l'eau ne lui entre pas dans le nez. Mademoiselle Maragda l'a accompagnée pour qu'elle mette un costume de bain à elle. Ces choses, je ne les savais pas tout de suite. Parfois, je les apprenais quelques jours plus tard, mais il y avait toujours quelqu'un pour me les raconter. À ce qu'on m'a dit, ce matin-là, Monsieur était nerveux et cherchait Miranda, demandant à Quima et à Mariona si elles savaient où elle était. Et quand il est arrivé à la plage il était déjà midi et demi. Il paraît que lorsqu'il a vu Miranda avec la bande il est devenu de la couleur de la craie. Mais il a fait semblant, du mieux qu'il a pu, et apparemment il a même réussi à faire une plaisanterie.

L'après-midi, Feliu m'a trouvé en train de repiquer les camélias des baquets.

— Ils font des blagues d'un genre qui ne me plaît pas. Je n'ai jamais eu beaucoup de sympathie pour Miranda et j'ai essayé de calmer le jeu, mais tout cela me dérange.

Il m'a demandé ce que je faisais avec toute cette terre noire et je lui ai expliqué. Il m'a aidé à retirer les camélias des baquets. Il était ronchon. Mais deux jours plus tard il s'est laissé attraper et a été le premier à rire des histoires de Miranda. Toute la journée, ils la faisaient aller avec eux, et ils ont engagé une fille du village pour faire son travail. « Elle finira par partir, disait Quima, elle sera bien obligée de partir. » Moi, je ne voyais pas les choses comme ça, parce qu'il y a des gens qui se bercent d'illusions. Et Miranda se laissait courtiser par monsieur Sebastià. C'était ce qu'ils voulaient, tous. Une distraction. Et un jour mademoiselle Eulàlia a dit : « Je commence à trouver que mon mari joue un peu trop bien cette comédie. » Mais apparemment il n'en fallait pas beaucoup pour la rassurer et elle a fini par dire qu'elle préférait encore cette petite inquiétude que de le savoir tout le temps là-bas en bas et d'avoir peur qu'il soit mangé par un tigre.

Tout le village était plein de l'histoire de Miranda et ils étaient très critiqués, parce qu'ils mêlaient une femme de chambre à leur vie d'estivants. Ce sont des choses qui ne plaisent à personne. Chacun à sa place. Je disais à Quima : « Ça va s'arrêter ; c'est un mauvais été, pas la peine d'en faire une montagne. » Le fait est que, au bout de deux ou trois semaines où ils avaient porté Miranda aux nues, ils ont dit que monsieur Francesc était allé à Barcelone pour je ne sais quelle affaire avec son administrateur. Tout de suite, j'ai pensé qu'il était parti pour ne pas les étrangler. Et la plaisanterie a diminué un peu, mais pas complètement, et Miranda se laissait encore dorloter. Évidemment, sans Monsieur, c'était moins drôle et eux, ils étaient moins affolés.

Jusqu'au jour où Quima est venue me voir.

— Vous n'êtes pas au courant ? Monsieur Francesc est au village depuis deux jours. Il se promène avec une auto de dix mètres de long, couleur prune. Et vous savez où il loge ? Il a loué une chambre à can Bergadans.

— Ça ne m'étonne pas du tout, je lui ai répondu, pour qu'elle me laisse tranquille.

Le jour même, Feliu, monsieur Sebastià et mademoiselle Eulàlia sont venus me trouver. Ils ne savaient pas par où commencer. Mademoiselle Eulàlia s'est approchée de l'étagère de Cecília et a dit : « Il est joli, ce galet. » Je n'ai pas répondu et elle a tout de suite vu que je n'aimais pas qu'elle se mêle de mon intimité.

— Eh bien… a commencé Feliu.

— Vous savez sans doute que mon mari…

— Nous voudrions vous demander… puisque vous êtes presque de la famille… Il y a quelques jours, Francesc s'est fâché, sans raison. Il est parti pour Barcelone et maintenant il est allé vivre à l'auberge de Bergadans… Il aime faire des farces, mais il ne supporte pas qu'on lui en fasse…

— Hier soir, a dit monsieur Sebastià, qui n'avait pas encore ouvert la bouche, nous sommes allés le chercher, avec Feliu et Eulàlia. Nous lui avons parlé avec beaucoup d'égards et il nous a fichus dehors sans ménagements… Pourquoi n'y allez-vous pas ? Vous, il vous écoutera peut-être. Il vous a en si grande estime !

J'ai tout de suite compris qu'ils voulaient nous jouer un tour. À moi et à Monsieur. Ils devaient se tordre de rire en imaginant la tête qu'il ferait en me voyant. J'étais désolé, évidemment, qu'ils me croient aussi naïf, et j'ai été sur le point de les envoyer balader. Mais le pire c'est que, dans le fond, ils m'amusaient.

— Si vous croyez…

Avant que je monte, Bergadans m'a offert un petit verre d'anis. Et en refermant la bouteille il m'a fait un clin d'œil.

— Vous venez pour lui, là-haut ? Moi je dis qu'un

jour on les enfermera tous.

— Ils sont jeunes…

Je suis monté. J'avais le cou trempé de sueur et la paume de ma main collait à la rampe de l'escalier. Arrivé en haut, j'ai frappé de mes doigts repliés et j'ai attendu un petit moment. J'ai frappé à nouveau et pareil, aucune réponse. Alors, j'ai pensé que Monsieur était peut-être sorti sans que Bergadans le voie et je suis redescendu.

— Il ne répond pas. Vous le croyez en haut et Dieu sait où il se trouve.

Il s'est gratté la nuque, une mauvaise habitude qu'il avait, et s'est mis à rire sans rime ni raison.

— Il est en haut… Je l'aurais vu passer ; je n'ai pas bougé de derrière le comptoir…

Je le comprenais à peine, parce qu'il était plié en deux de rire. Alors que je pensais qu'il était sur le point de s'étrangler, il m'a dit :

— Frappez fort, peut-être qu'il dort.

Je suis monté à nouveau, j'ai frappé fort et, finalement, j'ai tourné le pommeau de la porte, qui était ouverte, et je suis resté planté là. Par la fenêtre, on voyait la mer toute plate et, un peu à gauche, la cime des tilleuls et des mûriers de la maison. Un peu plus loin, il y avait la barque rouge avec quelqu'un dedans ; il m'a semblé que c'était mademoiselle Eulàlia.

Monsieur Francesc était étendu sur le lit, un peu en travers, ses pieds dépassant du matelas. Il dormait, la bouche grand ouverte. Je suis entré, j'ai refermé la porte derrière moi, je me suis approché de lui et je l'ai secoué. C'était comme si j'avais sifflé. Alors je suis sorti en claquant la porte. En bas, Bergadans a crié :

— Hé ! Les murs !

Je suis entré à nouveau et il avait à peine bougé.

Il avait le front couvert de grosses gouttes de sueur. Comme je ne savais que faire, je me suis assis sur une chaise qui était dans un coin et j'ai regardé autour de moi : le couvre-lit au crochet, le lavabo avec un pied en fer, la table avec un encrier sans encre et un papier buvard rose. Sur la table de nuit, il y avait un verre et une bouteille avec un cheval dessiné de profil. Et, alors que je regardais le cheval, il s'est réveillé.

Sur le coup, c'est à peine s'il m'a reconnu.

— Que faites-vous ici ? a-t-il dit en se soulevant à moitié, le coude appuyé sur l'oreiller.

— Comme vous voyez...

— Vous avez besoin de quelque chose ?

Il s'est assis d'un coup et s'est frotté les lèvres avec le dos de la main. Ensuite, il s'est versé un peu de jus et l'a bu d'un trait.

— Non, monsieur, non.

— Vous êtes venu me veiller ? Vous pensez peut-être que j'ai besoin de compagnie... Il a posé les pieds sur le sol et m'a jeté un regard torve : Ils sont bien capables de vous avoir fait venir. Qui vous a dit que j'étais là ?

— Vous ne pensez pas que tout le village est au courant ?

— Ils n'ont rien d'autre à faire ?

Alors, il a été pris d'un accès de rage et a projeté la bouteille contre le mur. Quand il a vu la grande éclaboussure, il a marmonné quelque chose et, manifestement, il ne savait pas trop ce qu'il disait. Il a pointé un doigt vers moi.

— Vous croyez que je suis un gamin, c'est ça ? Il a tiré une cigarette de sa poche et s'est un peu calmé : Vous croyez que j'ai envie de recevoir des visites ? Qu'est-ce que vous faites assis ?

— Excusez-moi. Je ne m'en étais pas rendu compte.

Et je me suis levé.

— Non, non… Vous pouvez vous asseoir… Il y a longtemps que vous êtes là ?

— Pas très… Mais comme je n'arrivais pas à vous réveiller…

— Ils vous ont fait venir, n'est-ce pas ? Ils devaient avoir envie de rire…

— Ce n'est pas bien, de vivre hors de chez soi.

— Non ? Et pourtant, vous voyez !

Il m'a semblé que cela avait assez duré et je me suis dirigé vers la porte, très lentement.

— Que voulez-vous que je leur dise ?

— Que vous ne m'avez pas trouvé. Il a jeté la cigarette par la fenêtre, s'est retourné face à moi et a répété : Dites-leur que vous ne m'avez pas trouvé.

Ils ne m'ont pas cru, évidemment. Quelques jours plus tard, j'ai vu monsieur Francesc se promener sous les mûriers avec Feliu. Comme si de rien n'était. Ce soir-là, Quima m'a dit qu'après le déjeuner ils étaient tous partis en quatrième vitesse. Ils allaient en France voir une pièce de théâtre qu'on donnait dans un château.

À la maison, il ne restait que les domestiques et Miranda, dont nous ne savions pas très bien si elle était une domestique ou autre chose. Avec Mariona, que je ne fréquentais pas beaucoup, nous sommes devenus amis à cette époque, parce que certains soirs elle venait voir le lion. Je m'asseyais sur une chaise basse et je passais de longs moments devant la cage. Parfois, il s'approchait et nous regardait comme s'il était humain et, si nous lui disions quelque chose, il restait aussi immobile qu'un mort. C'était vraiment un bel animal ! J'attendais que ce soit le soir pour aller le voir à cette heure paisible. Et, bien sûr, je préférais quand j'étais tout seul. Un jour, j'ai passé une branche d'arbre entre les barreaux. J'ai fait cela sans raison particulière, et il a bondi aussitôt. Je suis parti sans faire de bruit et je n'en ai parlé à personne. Et chaque soir, quand je mettais la branche, il bondissait. Un soir où j'y étais allé plus tard, il gémissait tristement et, dès qu'il m'a vu, il s'est tu, s'est approché du côté de la cage où j'étais et a frotté la tête contre les barreaux, de façon tellement câline que si ça n'avait pas été un lion je lui aurais fait une caresse, parce que je m'étais beaucoup attaché à lui.

Nous étions devenus si bons amis que le jour où Miranda est venue fouiner je l'aurais tuée. Je lui ai dit de s'en aller. Elle ne m'a pas répondu et s'est assise par terre, et elle m'a gâché ma soirée. Le pire, c'est qu'elle est revenue le lendemain pour faire une énorme sottise. Elle a mis la main dans la cage et a attrapé le lion par une oreille. Je n'en croyais pas mes yeux. Et quand j'allais lui donner un coup sur le bras, elle a tiré très fort et s'est mise à crier comme si elle était devenue folle. Le lion a pris peur et lui a donné un coup de patte sur la main. Elle a fait un bond, a regardé sa main pleine de sang et s'est évanouie de tout son long.

Monsieur Bellom est revenu, pour inspecter les travaux. Cela faisait un mois que je ne le voyais pas, mais il m'a dit bonjour comme s'il n'avait pas bougé de là. Tout sourires. Et l'œillet et le costume, comme s'il les mettait pour la première fois.

— Ils ne vont pas très vite, mais ça m'est égal. Je préfère le travail bien fait.

Chaque matin, si je travaillais près de chez lui, nous bavardions un bon moment. Un jour, il m'a sorti une question à laquelle je ne m'attendais pas.

— Cette fille un peu foncée que je croise parfois au

village, elle travaille pour vos patrons, n'est-ce pas ?

Je lui ai dit que c'était la première femme de chambre.

— Et vous savez de quel pays elle est ?

— Du Brésil, je crois que ça s'appelle.

Il est resté silencieux, comme s'il réfléchissait.

— J'ai des affaires, au Brésil. J'y ai vécu deux ou trois ans. Un bon pays, le Brésil ; un bon pays.

Il a regardé l'heure et a tourné les talons. Le lendemain, il m'a dit qu'il allait à Barcelone et de Barcelone à Paris, et que de Paris il devrait aller en Hollande et encore plus loin. Avant de me tendre la main, il m'a donné un cigare tellement long qu'avec des ciseaux j'ai pu en faire trois morceaux.

Au bout d'une semaine, ils sont tous revenus. La première nuit, je dormais sur le toit et monsieur Sebastià est monté me voir. Il s'est assis à côté de moi, mais je n'ai pas bougé et, tout ce temps, j'ai vu son visage par en dessous. Il faisait très chaud et l'air était épais et sentait le chèvrefeuille.

— Racontez-moi comment le lion a mordu Miranda.

Je lui ai dit qu'il l'avait seulement griffée et je lui ai tout raconté, avec une grande patience. Il était mort de rire et moi, franchement, je trouvais qu'il n'y avait pas vraiment de quoi. Quand il a retrouvé son calme, je lui ai demandé comment s'était passée leur excursion.

Il m'a dit qu'ils avaient tout fait à cent à l'heure et qu'ils avaient mangé de la langouste qui leur était restée sur l'estomac. À ce qu'il paraît, Monsieur et Madame avaient fait la paix et dormaient à nouveau ensemble. Dans la rue, ils marchaient en se tenant par la main. La pièce de théâtre ne valait pas grand-chose et, comme ils n'entendaient pas bien, ils étaient partis avant la fin et étaient allés s'amuser dans un café.

Un matin, madame Rosamaria est venue voir comment j'éclaircissais les seringas.

— Vous ne croyez pas qu'ils sont trop vieux ?

J'ai dû lui expliquer que le moment venu ils donneraient encore beaucoup de fleurs et que tout ce dont ils avaient besoin, c'était d'être un peu éclaircis. Ensuite, en regardant les travaux, elle a dit :

— Je regrette qu'ils construisent cette maison si près... Ils vont nous gâcher la vue.

Je trouvais qu'elle exagérait, parce que tout le monde savait que la nouvelle villa n'aurait pas d'étage, mais comme je ne voulais pas discuter je lui ai dit qu'elle avait tout à fait raison. En passant, je lui ai raconté que monsieur Bellom était venu voir les travaux et qu'il avait raconté, au village, qu'il aurait deux chevaux, un pour sa fille et un autre pour son gendre, et qu'il les ferait venir spécialement du pays où il y a les meilleurs chevaux. Il me semble que ça ne lui a pas plu du tout.

Avant de partir, elle m'a donné un paquet très bien enveloppé et noué avec une ficelle jaune.

— Un souvenir de France.

Et je me suis retrouvé avec une douzaine de mouchoirs.

Cette année, ils ont tardé assez longtemps à partir. Les feuilles avaient changé de couleur et de nombreux arbres étaient dénudés. Le soir, ils allumaient la cheminée du grand salon. La mer perdait peu à peu ses couleurs, vers le soir elle s'agitait et Feliu a cessé de peindre, parce que le vent emportait son chevalet. Il disait qu'il n'était pas content du tout de ce qu'il avait peint cet été.

Un après-midi, alors que j'arrachais les mimosas épineux, qui avaient donné tout ce qu'ils pouvaient donner, j'ai entendu des voix du côté du mirador et j'ai vu

Mariona qui parlait avec un jeune maçon qui s'appelait Mingo. Dès qu'elle m'a vu, elle a dit :

— Venez, venez, vous nous tiendrez compagnie.

— Elle est triste parce que c'est la fin de l'été, a-t-il dit.

— Évidemment…

Je les ai laissés tranquilles et suis allé voir monsieur Sebastià, qui était avec mademoiselle Eulàlia, et je lui ai dit qu'il pouvait partir tranquille, que je m'occuperais très bien du lion. Mais il se trouve qu'ils l'emmenaient, parce que c'était un cadeau qu'il devait faire à un parc d'animaux. Il m'a donné une tape dans le dos – ils faisaient tous pareil – et il m'a dit :

— Si vous voulez, quand je reviendrai, je vous en apporterai une demi-douzaine. Peut-être qu'à eux tous ils mangeront Miranda !

— Du moment que vous pensez à m'apporter les graines…

Monsieur Francesc, avant de partir, m'a fait une quantité de recommandations. Et il m'a dit qu'à la fin de l'hiver il ferait venir des maçons pour réparer les gouttières. Et qu'après les maçons il viendrait des peintres, parce que l'été suivant il voulait voir la maison comme un sou neuf.

J'ai passé un hiver de tous les diables. Les maçons, qui devaient venir à la fin de l'hiver, sont arrivés dès que Monsieur et Madame ont été partis. Ils ont bouché les fissures en deux temps trois mouvements et sont repartis bien vite, mais ils m'ont laissé le jardin tout cochonné. Ensuite, il y a eu les peintres. Ils ont traîné autant qu'ils ont pu et, à l'heure du déjeuner, les jours où le temps était riant, ils recherchaient le soleil et ils ont trouvé que, près de ma maisonnette, on était bien abrité. C'étaient des garçons d'un genre qui ne me plaisait pas, très désinvoltes. On sait bien comment sont les peintres : un coup de pinceau et un sifflotement. Et moi, j'en avais assez d'entendre siffloter.

Alors, j'ai consacré quelques jours au repos et à penser à mes plantes et à des greffons de rosiers et à parcourir le jardin pour étudier un peu comment je devais mener tout ça. Ma tranquillité a été interrompue par une lettre de Monsieur. Il disait qu'il voulait voir le mirador entouré de marguerites et, de part et d'autre de la grille principale, deux corbeilles de roses blanches, d'une espèce dont il savait qu'elles donneraient trois floraisons par an. Tout à la fin, après la signature, il disait que d'autres maçons allaient venir, qui mangeraient et dormiraient à can Bergadans. Et il disait qu'ils allaient construire une écurie. Ça ne m'a pas du tout surpris.

Ces maçons avaient l'air de messieurs. Un jour, ils m'ont demandé si je les laisserais préparer quelque chose dans ma cuisine, parce qu'ils trouvaient la nourriture de can Bergadans trop légère et ils avaient besoin de s'alimenter. Très respectueusement, je leur ai dit non. Ça a été très pénible, parce qu'ils construisaient l'écurie pas très loin de ma maisonnette et je les avais tout le temps sur le dos. Pour ne pas les voir, je vivais reclus. Je ne sortais que le matin, avant qu'ils arrivent, et le soir, après leur départ. Et les jours de pluie, parce qu'ils ne se montraient pas.

Ils ont construit une écurie de première classe, avec deux chambres en haut pour la personne qui s'occuperait des chevaux.

Cela faisait plusieurs dimanches que Quima n'était pas venue, parce qu'elle s'occupait d'une dame malade, et j'avais dû laver mes vêtements moi-même. Le dimanche où elle est revenue, quand elle a vu les changements, elle est restée comme deux ronds de flan. Je lui ai montré toute la maison, avec les peintures neuves, belle comme le ciel. Tout était blanc et, dans certaines pièces, avec des moulures d'or fin. Les sols étaient encore sales après le passage des peintres, parce que Monsieur m'avait dit de ne faire aucun nettoyage pour le moment. Quand elle a vu l'écurie, elle m'a dit :

— Vous savez quoi ? Ils sont envieux des voisins.

Quand les maçons sont partis, les plombiers me sont tombés dessus, et ensuite encore des peintres pour les salles de bain et l'écurie. C'étaient des allées et venues continuelles. Le remue-ménage a duré jusqu'à la moitié du mois de mai. Alors, Quima s'est dépêchée de trouver deux filles prêtes à faire le grand nettoyage. Tandis qu'elles nettoyaient, une lettre de Monsieur est arrivée. Il disait qu'on viendrait chercher tous les vieux meubles et qu'on en apporterait des neufs. Que le décorateur les installerait et que je le laisse faire.

À la fin, tout a retrouvé son calme, mais les fleurs étaient déjà ouvertes et j'allais avoir énormément de travail pour surveiller l'éclosion des graines et le moment de les repiquer. Et j'étais éreinté.

Entre-temps, la villa avait grandi. Le maçon ami de Mariona m'a dit qu'il y avait des pièces avec un sol de marbre noir et d'autres avec un sol de marbre blanc. Et que devant ils allaient faire une piscine de cent mètres ; pour l'hiver, avec de l'eau chaude. Tout le monde en parlait. Un jour où j'étais allé boire un verre, Bergadans m'a dit qu'un des murs du salon, ça serait deux vitres du sol au plafond, remplies d'eau et de poissons.

Au début du mois de juin, les chevaux sont arrivés. Il y en avait un noir avec une tache blanche sur le front, qui avait l'air de tout comprendre. Celui qui l'avait amené, c'était un petit homme, d'âge moyen. Il devait rester pour s'occuper des chevaux. Tout de suite, il m'a dit qu'on l'appelait Toni et que dans sa jeunesse il avait gagné des courses. Il avait été très célèbre. Il m'a même serré la main, mais je l'ai laissé seul, tout de suite, parce que je trouvais qu'il ne se prenait pas pour une petite crotte. Professeur d'équitation, c'est ce qu'il était, disait-il. Les chevaux avaient déjà un nom. Le noir s'appelait Llucifer. Et le blanc, Fletxa.

III

Ils sont tous arrivés le lendemain de la Saint-Jean.

Une nouveauté. Mademoiselle Eulàlia était devenue peintre. Elle faisait une peinture étrange. Certes, elle peignait des personnes, mais toujours petites, et toujours lointaines. Elle peignait aussi des fleurs. Elle les faisait exactement comme elles étaient, elle comptait les feuilles pour qu'il n'en manque aucune et même comme ça elles n'étaient pas comme les fleurs véritables. Je ne sais pas si elles étaient plus belles, ou moins… C'était quelque chose qu'on ne pouvait pas expliquer. Comme les couleurs, qui avaient l'air d'avoir de la lumière à l'intérieur. Dès que je l'ai vue, je lui ai demandé ce que faisait monsieur Sebastià. Elle m'a dit qu'il était en Afrique et que cet été il ne pourrait pas venir. Je m'en doutais bien, que mes graines n'arriveraient jamais. À l'exception de mademoiselle Eulàlia, qui ne pensait qu'à la peinture, ils parlaient tous de la villa de monsieur Bellom.

— Ils devraient bientôt avoir fini, m'a dit Feliu un jour, alors que nous regardions les maçons.

— C'est maintenant qu'ils vont avoir du travail.

Mingo était très content, parce qu'il avait vu Mariona.

Personne ne parlait des travaux qui avaient été faits dans la maison. Un peu des chevaux, mais guère. Jusqu'à ce qu'ils y prennent goût. Mais les chevaux ne parvenaient pas à leur ôter la crainte d'être tenus pour peu de chose en comparaison avec monsieur Bellom. La plus furieuse, alors qu'elle n'était pas concernée, c'était mademoiselle Maragda.

— Il ferait beau voir que les chevaux de monsieur Bellom soient meilleurs que les vôtres.

Ils apprenaient à monter. De bon matin, avant le bain, ils faisaient des allers et retours sur l'allée de tilleuls. Monsieur Francesc a appris assez vite et il se donnait de grands airs, comme si personne n'était jamais monté à cheval, une main à la taille et la tête haute. Avec Toni, le soir, parfois, on en parlait et on riait. Ce n'est pas que je le fréquentais beaucoup, mais c'était un homme qui gagnait à être connu ; son défaut, c'est qu'il aimait se donner de l'importance, surtout avec les gens qu'il n'avait jamais vus. Il m'a dit que celle qui réussirait le mieux, c'était madame Rosamaria, parce qu'elle savait se fondre avec le cheval. Il avait raison, et pourtant elle a mis assez longtemps avant de se tenir droite et quand elle prenait peur elle s'accrochait aussitôt au cou de l'animal. Mais dès qu'elle a cessé d'avoir peur, elle et Fletxa avaient l'air de n'être qu'un. C'était un cheval un peu fier, qui frappait le sol avec une patte et remuait la tête pour un rien. Madame a pris tellement de goût à le monter qu'elle le sortait même l'après-midi. Chaque jour, elle le brossait et lui, dès qu'il la voyait, il devenait fougueux et frappait le sol avec sa patte. Grâce à cette distraction, Madame est devenue plus jeune, encore plus que ce qu'elle était déjà. Elle avait un autre air.

— Comment trouvez-vous mon cheval ? me demandait-elle chaque fois qu'elle me voyait.

Moi, je préférais l'autre, mais ça ne me coûtait rien de lui faire plaisir.

— Il est beau, il est très beau, lui disais-je.

On ne parlait pas du tout de Miranda, et pourtant elle était vraiment jolie à voir cette année-là. Le dimanche, elle mettait une robe verte et elle sortait. Elle allait danser, à ce qu'elle m'a dit. Elle rentrait tard, un peu décoiffée. Mais elle ne se promenait pas dans le jardin la nuit et elle ne se baignait pas au clair de lune.

— Elle a beaucoup changé, disait Quima.

Il faut dire que madame Rosamaria avait l'air d'un ange, mais elle n'était pas tombée de la dernière pluie et elle l'avait vite remise à sa place. Sans esclandre. L'année précédente, Miranda s'était bercée d'illusions, surtout avec l'arrivée de monsieur Sebastià. Quand elle allait à la cuisine en jouant les grandes dames, elle ne parlait que de lui. Mais Quima savait par Mariona qu'elle avait soudain eu envie de retourner dans son pays. Elle disait qu'elle commençait à être fatiguée et qu'elle se languissait. Retour à la forêt vierge ! Avec Toni, ils ont eu des mots, dès le début. Il paraît qu'elle touchait aux chevaux. Toni s'est fâché. Un après-midi, il est allé boire un petit verre à can Bergadans et à son retour il l'a trouvée dans l'écurie en train de gaver un cheval de sucre : celui de Madame. Toni lui a dit que et d'un, il ne voulait plus jamais la voir dans l'écurie, et de deux, si elle recommençait à donner du sucre aux chevaux il la ferait marcher à quatre pattes à coups de fouet. Et qu'elle fiche le camp en vitesse. Elle est partie aussitôt et comme toujours, quand on s'attendait à ce qu'elle parle, elle n'a rien dit. Un jour, elle a reçu une lettre de chez elle.

Mariona a mis assez longtemps à venir me voir. Elle était plus femme et plus coquette. Elle m'a expliqué qu'à Barcelone ils l'envoyaient deux après-midi par semaine à l'atelier de mademoiselle Maragda, pour apprendre à coudre, et que ça lui plaisait beaucoup, parce que si elle apprenait assez, elle pourrait devenir couturière, au lieu de rester femme de chambre.

— Je me suis fait une robe toute seule, avec un patron. Il paraît que je suis douée.

Je lui ai demandé comment elle avait passé l'hiver et elle m'a dit bien, que le dimanche elle allait voir les animaux et qu'il y avait des lions, mais grands et vieux, pas aussi beaux que celui de monsieur Sebastià. Il était clair que tout ça ne lui plaisait guère et que le village lui manquait.

— Et comment ça va avec Mingo ?

— Ni comme ci ni comme ça. Je l'aime bien, mais c'est un simple manœuvre et s'il ne gagne pas assez je ne veux pas me marier avec lui.

Elle m'a demandé de lui montrer l'écurie, parce qu'elle ne l'avait pas encore vue, et je lui ai dit d'aller trouver Toni de ma part. Mais elle connaissait l'histoire de Miranda, racontée par elle-même, et elle ne voulait pas y aller sans moi. Toni l'a très bien reçue. Il lui a dit que si elle voulait voir les chevaux, elle pouvait entrer dans l'écurie même s'il n'était pas là. Qu'il lui demandait seulement de ne pas leur donner de sucre. Seulement des caroubes. Il lui a montré son petit appartement, avec les murs couverts d'images de chevaux et de coupures de journal et de photos de lui en uniforme de course. Il lui a aussi montré une photo de son fils, qui était à la petite école. Je lui ai expliqué que je connaissais Mariona depuis qu'elle était petite et qu'elle était tombée amoureuse d'un maçon de monsieur Bellom. Et il a blagué un peu ; pour la faire rougir.

Par Mariona, nous avons appris que pendant l'hiver la tante de madame Rosamaria était allée vivre chez eux.

Heureusement, ça n'avait pas duré. À ce qu'il paraît, monsieur Francesc ne pouvait pas la supporter et un jour il a dit que si elle ne partait pas il l'enfermerait dans la penderie jusqu'à ce qu'elle meure. Et elle, la tante, elle l'a entendu. D'après Mariona, elle ne faisait rien de mal. C'était une pauvre femme qui avait toujours chaud et qui ouvrait les portes-fenêtres des balcons parce que, disait-elle, les radiateurs étaient trop gros et le chauffage lui faisait mal à la tête. Des manies, évidemment. Mais il n'y avait pas moyen de lui faire entendre raison. Mariona passait son temps à refermer les fenêtres, et il y avait des après-midi où l'appartement paraissait une glacière. Un jour, il y a eu une grande agitation, parce que la tante ne trouvait pas ses dents. C'étaient des dents postiches et chaque soir, quand elle se couchait, elle les mettait dans un verre d'eau. Elles ne pouvaient pas s'être perdues toutes seules. L'après-midi, la tante de Madame a commencé à dire que des domestiques les lui avaient prises pour rire et Monsieur et Madame les ont toutes alignées et Monsieur a dit que si on ne retrouvait pas les dents de madame Antònia, c'est-à-dire la tante, il les mettrait à la porte, et elles étaient très inquiètes. Rosalia, la cuisinière qui venait au village en été, a dit qu'elle en avait assez de servir dans cette maison et que s'ils recommençaient à les rassembler comme ça, elle les quitterait sur-le-champ. Mariona était convaincue que les dents, ça avait été un coup de Miranda, mais le lendemain, quand elle enlevait la poussière des petits vases, elle a entendu Monsieur et Madame qui riaient dans la chambre voisine et, comme la porte était entrouverte, elle a entendu Monsieur dire qu'il donnerait les dents à un musée. Et ils se tordaient de rire, parce qu'ils étaient comme ça. À la fin, la tante s'est fâchée, ou peut-être qu'elle a compris, et elle est retournée chez elle, même si, au fur et à mesure qu'elle vieillissait, elle aimait de moins en moins vivre seule.

À en croire Mariona, elle a bien fait de partir. Ce n'était pas quelqu'un pour cette maison.

L'été aurait été très tranquille, le plus tranquille de tous, s'il n'y avait pas eu la guenon. Avec son cortège de désagréments et d'exaspération.

Un frère de Miranda est venu la voir ; il lui avait écrit depuis leur village. Il est arrivé avec une guenon. Il est resté une quinzaine de jours à can Bergadans et quand il est parti il a laissé la guenon à Miranda, en souvenir.

Miranda a demandé à Madame la permission de garder la guenon dans sa chambre et Madame a commis la sottise de la lui donner. Ils ont tous voulu la voir et mademoiselle Maragda, se mêlant de ce qui ne la regardait pas, a dit qu'ils pourraient l'installer sur la galerie, attachée, et qu'elle les distrairait. Elle s'appelait Tití. Tití a très bien joué son rôle. Elle passait ses journées sur un petit coussin de soie, faisait quatre cabrioles et s'occupait avec n'importe quoi : elle faisait semblant de lire le journal, joignait les mains comme si elle priait, se couchait sur le dos, faisait mine de dormir et espionnait le monde. Parfois, elle s'accrochait au dossier d'une chaise et se balançait, suspendue par une main, puis par l'autre, comme une pendule. Les jours de pluie, quand ils prenaient tous le thé sur la galerie, elle se promenait de long en large avec un petit parapluie que lui avait confectionné mademoiselle Maragda. Elle était menue, de taille, je veux dire, et jeunette. Elle avait des petits yeux vifs et pleins de malice et je crois que c'était la guenon qui, au monde, renfermait le plus de malice. Le jour où on m'a demandé si je voulais la voir, elle était assise sur une chaise, bien tranquillement. Je me suis approché et elle n'a même pas bougé. Je l'ai caressée, pour être poli. Et tandis que je parlais avec Monsieur et Madame, elle a délacé mes espadrilles. Je m'en suis aperçu en partant et j'ai bien failli tomber.

Bien vite, ils l'ont emmenée se promener. Ils la descendaient à la plage et, quand madame Rosamaria montait à cheval, elle la prenait avec elle et la guenon criait de joie. Mais la première fois, elle était tellement effrayée qu'elle lui a fait saigner le bras, tellement elle la serrait fort. Parfois, Miranda emmenait la guenon à la cuisine pour la faire manger. Quima était furieuse.

— Vous savez, dans notre pays on n'a pas trop l'habitude de ce genre de bêtes.

Et Tití, très calme, fréquentait tout le monde et faisait la savante, comme si elle allait à l'école. Jusqu'au moment où elle a commencé à faire la folle. Une nuit où il faisait très chaud et où j'avais du mal à dormir, j'ai entendu les chevaux marcher tout près de ma maisonnette, clop, clop, clop, et une sorte de petit cri de joie. Je suis descendu et les deux chevaux étaient contre ma fenêtre. Tití en tenait un par le licou. Dès qu'elle a compris que j'allais me jeter sur elle, elle s'est mise à courir comme une damnée.

Je suis allé réveiller Toni.

— Cette guenon commence à prendre trop de libertés.

Il a dit que j'avais raison, tout en me recommandant de ne rien dire à Monsieur et Madame, que ça ne valait pas la peine et que ça ne servirait qu'à une chose, à faire rire Miranda.

Huit jours plus tard, la maison a été inondée. C'est les filles qui s'en sont aperçues, et Quima, parce que l'eau descendait par l'escalier de la cuisine. Ils ont trouvé tous les robinets des baignoires et des lavabos ouverts, et ils ont coulé toute la matinée, alors qu'ils étaient sur la plage avec les chevaux.

— Je ne comprends pas, m'a dit Feliu. Si encore elle en avait ouvert un seul… Je ne veux pas penser à mal, mais derrière tout ça… Je ne sais pas si vous voyez ce que je veux dire… La guenon a peut-être ouvert un robinet, mais tous… je ne crois pas.

Cela faisait presque un mois que je le voyais à peine. Il peignait peu. Ce jour-là, il était assis devant son chevalet. Brusquement, il m'a demandé comment je trouvais les peintures de mademoiselle Eulàlia.

— Ce qu'elle fait, c'est des chromos, je lui ai dit.

— Des chromos ? Peut-être bien… Tu sais depuis combien de temps je peins ?

Moi, bien sûr, je ne le savais pas. Mais, pour lui faire plaisir, je lui ai dit que ça devait faire longtemps.

— Quinze ans !

Il s'est levé et a regardé la peinture d'un peu plus loin.

— Quinze ans, et il y a des jours où il me semble que je ne fais que des pâtés… Cette brave fille – il voulait dire mademoiselle Eulàlia – ne sait même pas tenir un pinceau, mais je lui ai vu faire deux ou trois choses qui m'ont serré les tripes. Je ne sais pas d'où elle sort ça.

J'ai ri, pensant qu'il plaisantait.

— Riez, riez… Pour vous aussi, les choses se font toutes seules.

Il a refermé la boîte de peinture de la pointe du pied et m'a demandé de lui montrer les fleurs.

L'après-midi, je l'ai trouvé dans tous ses états.

— Je vais la brûler vive ! Je vous jure que je vais la brûler vive !

La guenon avait ouvert la boîte, avait pris toutes les

couleurs et avait cochonné la toile avec un chiffon à poussière.

Je suis allé du côté des seringas et j'ai trouvé les troncs des pittosporums tout barbouillés. Le sol était jonché de tubes de peinture. Ils en ont aussi trouvé sur la plage.

Le soir, mademoiselle Eulàlia m'a demandé :

— Où est-elle, maintenant ?

— Qui ?

— La guenon.

Je lui ai dit qu'on ne pouvait jamais savoir, parce qu'elle se baladait où ça lui chantait, mais qu'elle devait être accrochée à une branche, avec ses cacahuètes, dormant et riant.

À l'heure du dîner, ça a été le pompon. Alors que Miranda s'apprêtait à découper le poulet devant eux, parce qu'ils voulaient le voir entier sur la table, ils s'aperçurent qu'il était rempli de sable à l'intérieur.

— C'est votre faute, a dit monsieur Francesc à Quima. On ne met pas un poulet à la casserole comme ça, sans regarder ce qu'il y a à l'intérieur.

Quima a été très fâchée. Elle a dit que quand elle l'avait mis à cuire il n'y avait pas un grain de sable et qu'ils n'avaient pas à lui crier dessus. Et si, à vrai dire, elle l'avait laissé un moment sur la table, elle n'avait vu ni un grain de sable ni l'ombre de Tití. J'ai rencontré Toni sur la route et nous nous sommes dit que c'était peut-être la guenon et peut-être pas. Quoi qu'il en soit, elle a disparu pendant deux jours. Ensuite, ils l'ont attachée.

Mais cela n'a pas duré longtemps, parce que l'arrivée de monsieur Bellom les a un peu distraits. C'est l'année où ils sont devenus amis, avec Monsieur. Un jour, Mariona m'a dit que depuis une semaine il venait tous les après-midi jouer aux échecs.

Le jeu d'échecs appartenait à monsieur Bellom. Il avait des pièces en ivoire et quand il partait il l'emportait avec lui. Il habitait can Bergadans. Monsieur et Madame lui avaient proposé une chambre dans la maison, mais il n'avait pas accepté.

Un matin, très tôt, alors que les maçons n'avaient pas encore commencé, j'étais sur le mirador en train de nettoyer les marguerites, avant l'agitation des abeilles, sous le feu du soleil. Soudain, j'ai entendu la voix de monsieur Bellom :

— Toujours en train de travailler, hein ?

— Ma foi…

— Je pensais trouver le peintre.

— Il est trop tôt.

— On dirait qu'il a une obsession pour la mer. S'il peignait d'une autre façon, je pourrais l'aider. Et comment pense-t-il gagner de l'argent, ce garçon ?

Je me souviens très bien de cette conversation, parce qu'aussitôt après je me suis aperçu de la plaisanterie des rosiers. De part et d'autre de la grille de l'entrée, il y avait des rosiers grimpants. Pas les rosiers à fleurs blanches que monsieur Francesc m'avait fait planter en corbeilles. Ces rosiers de part et d'autre de la grille, qui se penchaient un peu pour regarder la rue, portaient beaucoup de fleurs, mais des fleurs de peu de valeur. Elles s'ouvraient très vite et les tiges ne supportaient pas leur poids. Ce n'étaient pas des roses de vase, c'étaient des roses pleureuses, pour les murs. Cela dit, ces rosiers avaient une floraison après l'autre. Ils n'arrêtaient pas de fleurir de toute l'année. En novembre, ils produisaient encore. Et c'était tout ce qu'on leur demandait. Ce matin-là, je les ai trouvés sans un seul bouton. Tous par terre. J'ai cherché la guenon, très calmement, et finalement je l'ai trouvée en train de prendre le soleil, tranquille comme Baptiste, sur la rambarde du mirador. Je me suis approché d'elle en lui disant mignonne, mignonne, et la taloche que je lui ai fichue l'a envoyée valser à dix mètres.

Elle a été malade pendant deux ou trois jours et personne ne savait d'où ça pouvait venir.

Les parties d'échecs se sont interrompues brutalement le jour où deux figurines ont disparu. La guenon, semble-t-il, s'en était emparée pendant qu'ils jouaient. C'était comme si le monde s'écroulait, parce que monsieur Bellom, malgré tous ses sourires, toute son amabilité, ce n'était pas un homme à qui on pouvait faire des plaisanteries. Aussitôt, il a dit que c'était Tití qui avait pris les figurines, qu'il en était sûr, parce qu'elle était montée sur ses genoux un moment, et que c'était stupide de laisser en liberté une bestiole aussi rusée.

— Un jour, il arrivera quelque chose de grave. On voit bien que vous ne savez pas de quoi c'est capable, une guenon.

Et il est parti furieux. Quima a dit qu'il était de mauvaise humeur parce que les travaux duraient plus longtemps que ce qu'il avait pensé.

Alors, comme si elle se fichait de tout le monde, mademoiselle Maragda, avec l'aide de Mariona, a confectionné un costume pour Tití : un pantalon à petits carreaux, une veste verte et un petit chapeau rouge avec une très longue plume. Le jour où elle l'a étrenné, Mariona est venue me la montrer.

— Regardez comme elle est mignonne...

Elle la tenait attachée à une chaîne et la guenon faisait des bonds, folle de joie, regardant sa poitrine avec les six boutons dorés, tapant dans ses petites mains et tournant comme une toupie.

Je me suis débarrassé d'elles aussi vite que j'ai pu. Au milieu de l'après-midi, j'ai interrompu mon travail, j'ai rangé mes outils et je me suis arrêté un moment devant ma porte, qui était ouverte, me demandant si j'étais sorti sans la refermer. Mais non. Je l'avais fermée. J'entre, et je trouve la guenon sur le fauteuil à bascule. Quand il pleuvait, Cecília y passait l'après-midi, et le soir c'est moi qui m'y asseyais et elle mettait sa chemise de nuit, s'enveloppait dans un châle en tricot et s'asseyait sur mes genoux. Je la berçais jusqu'à ce qu'elle s'endorme et une fois endormie je la portais dans le lit. Quand j'ai vu la guenon assise dans le fauteuil à bascule, comme une dame, me regardant avec son air effronté, j'ai failli avoir une attaque. Elle a dû s'en rendre compte, parce que sans que je dise quoi que ce soit elle a sauté sur le sol et est partie un peu à la sauvette.

Le lendemain, je l'ai cherchée pendant toute la journée, mais je ne l'ai pas trouvée. Comme si elle s'était évanouie. Et nous ne l'avons jamais revue. Ils ont tous pensé que quelqu'un l'avait tuée, et moi aussi, mais personne ne savait qui. C'est difficile à croire, mais ça m'a fait un peu de peine.

Les choses en étaient à ce point quand nous avons reçu la lettre annonçant la mort de monsieur Sebastià. Apparemment, il surveillait des Noirs qui tuaient des éléphants quand les Noirs l'ont surpris et les ont tués, lui et deux ou trois personnes qui l'accompagnaient. Quand on les a trouvés, quelques jours plus tard, on n'a pu ramasser que quelques morceaux.

Mademoiselle Eulàlia est tombée malade. Elle gardait les dernières lettres de son mari sous son oreiller et elle les lisait de temps en temps. Et elle pleurait tout le sel de son corps.

Quand ils sont partis, nous nous tenions devant la grille, Quima et moi.

Cet hiver a été dur. Beaucoup de vent. Beaucoup de pluie. Beaucoup de froid. Je n'avais plus de place pour les plantes dans la cabane de verre, parce que je les y mettais toutes. J'ai trouvé les figurines d'échecs au pied d'un des magnolias. Le vent les avait fait tomber de la fourche d'une branche. Monsieur Bellom a disparu et les travaux de la villa se sont arrêtés. Je tuais le temps en faisant du bois et en surveillant le poêle de la cabane de verre. Monsieur m'avait promis une installation électrique, mais elle n'arrivait jamais.

Toni s'occupait des chevaux ; l'après-midi, il vivait au café et jouait aux cartes. Il était devenu l'ami d'une fille. C'est ce qu'on disait.

Je passais mes journées seul avec mes graines et mes bulbes, avec mes affaires, et avec mon eucalyptus. La nuit, le vent faisait penser à une voix. Certains dimanches après-midi, Quima, quand elle m'apportait mes vêtements propres, qui sentaient bon, me tenait compagnie un moment et nous goûtions en buvant du chocolat chaud ; et elle me racontait ce qui se passait au village.

Souvent, le matin, je restais au lit, et je ne m'occupais guère du jardin. Cet automne-là, j'avais laissé les feuilles pourrir au lieu de les brûler. Elles étaient restées sur les chemins, dans les coins où le vent les poussait, et à chaque pluie elles se mélangeaient davantage à la terre. Elles serviraient à la fertiliser et à faire pousser mes plantes de printemps.

La mer, je ne la regardais même pas. Le mois de janvier a été le plus froid de toute ma vie. On aurait dit que le monde était devenu blanc. Pas de neige, mais d'une sorte de givre et d'une sorte de clarté que le ciel nous offrait. Les jours où il y avait du soleil, je sortais le prendre à ma porte, avec ma chaise basse. Je restais tranquille, un peu somnolent, et dès que le soleil passait derrière l'eucalyptus je rentrais. Les jours de pluie, tout le jardin, aussi loin que portait le regard, était une étendue de troncs noirs. Et la pluie accentuait l'odeur de pourri des feuilles mortes.

IV

Vers le mois de février, j'ai commencé à reprendre du poil de la bête, avec les jours qui s'allongeaient et le mois de mars en vue. Les maçons sont revenus à la villa et tout reprenait vie peu à peu. J'ai fait des tas avec les feuilles pourries et je les ai transportées derrière la maison avec ma brouette. Et, jour après jour, je les enfouissais dans la terre, qui devenait noire comme la nuit. Le ciel commençait vraiment à être étoilé et le soir on sentait quelque chose qui remuait dans les racines. Le printemps mettait chaque chose à sa place : la rose dans le rosier et l'oiseau sur la branche.

Cette année-là, la première à venir a été mademoiselle Eulàlia. Cela m'a fait grand plaisir de la revoir. Elle était plus mince. Elle m'a expliqué qu'elle avait passé une partie de l'hiver à l'étranger et qu'elle était venue avant les autres parce qu'elle voulait profiter du temps jusqu'à l'automne. Que c'était vraiment une chance qu'elle se soit mise à peindre et qu'elle ne pensait à rien d'autre. Elle m'a dit que le médecin lui avait trouvé une faiblesse au cœur et qu'elle se fatiguait beaucoup, mais elle avait bonne mine et semblait s'être remise de son malheur.

Les premiers jours, c'est à peine si elle bougeait de la maison. Un matin où je l'avais trouvée toute rêveuse, près des mûriers, elle m'a dit :

— Vous savez ce que je voudrais peindre ? Des fleurs

bleues, grimpantes, qu'on appelle, je crois, des larmes de Saint-Joseph. Je voudrais en mettre un bouquet à la fenêtre de votre maison, qui a des petits carreaux, et peindre l'ensemble. Vous n'en avez sans doute pas dans le jardin, n'est-ce pas ?

Il n'y en avait pas, évidemment. Ce sont des fleurs envahissantes, qui ne valent rien… Je lui ai dit que des voisins de Quima en avaient à l'entrée de chez eux et que si elle leur en demandait, ils lui en donneraient une brassée.

Elle était contente. Quand elle parlait, elle était toujours contente, mais quand elle ne disait rien on voyait beaucoup de tristesse dans ses yeux.

Mingo est venu un dimanche. Il travaillait dans un village proche et pensait trouver Mariona, parce qu'elle n'avait pas répondu à sa dernière lettre et que, dans une autre lettre qu'elle lui avait écrite auparavant, elle lui disait que cette année ils quitteraient la ville plus tôt.

Mademoiselle Eulàlia lui a dit que Mariona allait très bien et que c'était vrai qu'ils avaient l'intention de venir très bientôt. Ensuite, elle lui a raconté qu'elle apprenait très bien la couture chez mademoiselle Maragda et qu'elle devenait prétentieuse parce que madame Rosamaria les faisait aller chez le coiffeur tous les quinze jours, elle et Miranda, et quand la manucure venait lui faire les mains, elle faisait aussi celles des femmes de chambre.

J'ai vu tout de suite que Mingo n'était pas content du tout. Il avait un regard noir et un air fâché. Avant de partir, il a écrit une lettre pour Mariona et m'a demandé de la lui donner.

Ils sont arrivés aux premiers jours de juin. Dans la villa de monsieur Bellom, il y avait les plâtriers et des ouvriers spécialisés qui faisaient le fond de la piscine, tout en morceaux de carreaux, avec des crabes et des étoiles de mer de couleurs. Par terre, il y avait des piles d'ardoises pour carreler les chemins.

J'ai tout de suite donné la lettre à Mariona, elle l'a lue devant moi, très posément, et elle l'a pliée.

— Il me demande si je veux me marier avec lui. Qu'est-ce que vous feriez, à ma place ?

— Tu dois bien réfléchir.

— Il me plaît bien, vous savez… Mais je ne sais pas si je l'aime assez.

— Si tu ne le sais pas toi-même, que veux-tu que j'en sache, ma fille ?

— C'est que… Il n'est que manœuvre.

— Il peut finir maçon, et même contremaître.

— Vous croyez ?

— Va savoir.

Dès que l'écurie de monsieur Bellom a été prête, les chevaux sont arrivés. Tout le monde est allé les voir. L'un était gris et l'autre blond avec des taches plus sombres. Toni a dit : Ce sont des chevaux de course. L'homme qui s'occupait des chevaux de monsieur Bellom s'appelait Guy et était moitié français, moitié américain. Avec Toni, ils n'ont pas beaucoup sympathisé. Ils se faisaient beaucoup de politesses, ça oui, mais si Guy sortait promener les chevaux le matin, Toni les sortait l'après-midi. Il était dévoré de jalousie.

— Ces chevaux, ceux de monsieur Bellom, ils pourraient danser. Regardez-moi ces jambes.

Et c'est vrai, ils avaient des jambes qui avaient l'air de marcher toutes seules, sans rien au-dessus.

Le premier jour où il est venu en visite, monsieur Bellom était très content. Je lui ai donné les figurines d'échecs et il m'a donné un gros pourboire. Je ne voulais pas l'accepter.

— Vous, vous serez toujours pauvre, à force de faire des manières.

Il ne tenait pas en place. Il avait bien vu que ses chevaux avaient fait un gros effet et il ne parlait pas d'autre chose. Ils coûtent une fortune, disait-il, mais ça m'est égal. Il expliquait que les jeunes gens, surtout elle, étaient impatients de venir inaugurer la maison. Alors qu'il partait, monsieur Francesc lui a dit que la villa était déjà très belle. Ils l'ont regardée un moment depuis la grille.

— C'est que je ne sais que faire de mon argent… Je le dépense et il en reste toujours autant.

Monsieur et Madame, exaspérés par tant de joie et tant de richesse, disaient que monsieur Bellom était un fou qui pensait qu'il était riche. Fou ou pas, il allait de l'avant. Quoi qu'il en soit, ce jour-là, il y a eu un épisode désagréable. Au milieu de l'après-midi, un homme âgé est arrivé dans une voiture en très mauvais état, accompagné de deux jeunes gens qui lui parlaient respectueusement. Il portait un imperméable chiffonné et un béret enfoncé jusqu'aux oreilles et, malgré son âge, il allait d'un côté à l'autre en criant et en faisant du scandale. C'était l'architecte. Il a fait abattre un mur, parce que le contremaître s'était trompé, et ça a tourné à l'esclandre.

Cette semaine-là, monsieur Francesc et monsieur Bellom ont repris leurs parties d'échecs.

J'ai remarqué que, très souvent, Madame était seule pour sa promenade à cheval. Certains après-midi, elle sortait Fletxa dans l'allée de tilleuls. Elle s'occupait de lui comme si c'était son enfant.

— Elle me force la main, disait Toni. Certains jours,

j'aurais envie d'en faire moins, mais quand je vois son cheval avec ce poil si luisant, il faut bien que je cède !

Il disait qu'il en avait assez de la vie, que tout lui tombait dessus : le village, l'hiver, l'été, la mer et tout le saint-frusquin. Que tout ça n'avait pas grand sens et que son fils était en train de devenir idiot.

— Ce n'est pas bon pour les enfants de rester enfermés. Il vaut mieux un bout d'appartement…

Il disait qu'avant de venir il avait essayé de le garder à la maison, mais comme il n'était pas toujours là, le gamin faisait des siennes. Il lui répondait n'importe comment, vivait dans la rue et volait des pastèques. Et ce n'est pas facile à voler…

— Peut-être que vous pourriez vous marier…

Il s'est mis à rire tout bas et m'a dit qu'il n'était pas disposé à entretenir quelqu'un pour encombrer son lit.

— J'aime dormir seul, comme un roi. J'ai déjà été marié une fois et j'ai fait une croix là-dessus.

Un soir, je suis monté chez lui, au-dessus de l'écurie, et je l'ai trouvé assis avec une bouteille de vin à moitié vide devant lui. J'avais déjà eu l'impression qu'il levait le coude. Il s'est mis à parler de son éternel sujet. Et le temps, et la vie, quand il gagnait de l'argent en montant les chevaux et en courant comme un diable, et le gamin qui n'avait pas la vocation. Il a dit que, peut-être, quand il courait monté sur un cheval, sa femme lui avait fait le gosse avec un autre. Et il s'est mis à pleurer comme une Madeleine.

La veille de la Saint-Jean, ils ont fait un grand dîner. Ils ont invité monsieur Bellom. Ils étaient tous très bien habillés, comme s'ils ne se connaissaient pas. Et Miranda et Mariona, en grande tenue. Robe étroite en soie couleur cendre, chaussures avec talons hauts également couleur cendre, tablier à faire damner un saint et coiffe en dentelle avec des rubans noirs qui pendaient derrière jusqu'en bas de la jupe. Monsieur Bellom a pris une cuite monumentale. Il disait qu'il déclarerait la guerre à qui on voudrait et que lorsqu'il aurait gagné il aiderait ses amis, et vive la joie, et que ceux qui ne se conduiraient pas bien, il les enverrait couper la canne à sucre avec les nègres. Et pour couronner le tout il a dit qu'il voulait dormir avec les servantes parce que les dames ne lui plaisaient pas. Il s'est assis sur un plat et s'est mis à discourir. Brusquement, il s'est levé, a pris la carafe de cristal et s'est versé le vin sur la tête jusqu'à ce que la carafe soit vide. Monsieur l'a attrapé et, sans ménagements, il l'a emmené à l'étage et, avec Feliu et un monsieur invité que personne ne connaissait, ils l'ont déshabillé et mis de force dans la baignoire. Il a vomi comme un taureau et ils l'ont frictionné avec de l'esprit-de-vin et ils lui ont mis un peignoir de Monsieur et ils l'ont ramené en bas. Il avait repris figure humaine et il s'est excusé. Il a dit que c'était à cause de la joie d'être avec des amis, qu'il les appréciait beaucoup et que ça ne se reproduirait plus jamais. On aurait dit un enfant.

— Si ma fille l'apprenait… Elle me considère comme un dieu… Dites-moi la vérité, j'ai vraiment fait l'andouille ?

La pauvre Quima est venue me voir.

— Deux jours à préparer ce dîner… Deux heures à faire des sauces et à surveiller le rôti et à choisir les feuilles les plus tendres des laitues. Tout est revenu à la cuisine. Une bouchée par-ci, une bouchée par-là… Ils étaient tous beurrés. Tous. Mariona et Miranda n'ont remarqué que monsieur Bellom, parce que c'est lui qui a fait le plus de raffut ; mais avec ce qu'ils ont bu, à eux tous, il y a de quoi épuiser la bonté divine ! Ma cuisine se remplissait de bouteilles vides. Si j'avais su, je leur aurais fait une omelette, et roulez manège ! Et vous, comment vous avez passé la nuit ?

— Ni bien ni mal.

— Venez un moment à la cuisine, vous mangerez du poulet.

Je lui ai dit que je passerais.

Cette année-là, Feliu et mademoiselle Eulàlia étaient toujours ensemble. Ils passaient leurs journées sur le mirador. Lui, la mer et encore la mer. Elle, elle peignait des choses un peu étranges. Elle avait peint l'eucalyptus, mais seulement un morceau, parce que, disait-elle, il ne tenait pas tout entier sur la toile. Un morceau d'écorce, et la peinture avait l'air faite de mousse et de brouillard. Un jour, elle a dit qu'elle voulait peindre le ventre d'un lézard. Et quand elle peignait le ciel on avait l'impression qu'il allait en sortir une voix… Les choses qu'elle faisait me plaisaient chaque jour davantage. Et pourtant je n'y connaissais rien. Mais ce qu'on sent à l'intérieur…

Mariona, je ne sais par quel canal, a su que monsieur Sebastià, en Afrique, quand il était vivant, avait une petite négresse. Madame Eulàlia le savait et, au début, elle avait beaucoup souffert, mais ensuite elle s'est habituée. À la fin, ils étaient seulement amis et, s'ils dormaient ensemble ils dormaient, comme s'il y avait un oreiller entre eux, pour ainsi dire. Il paraît que monsieur Sebastià disait avec une épée entre eux ; je ne sais pas pourquoi. Pendant longtemps, quand ils parlaient d'épées avec leurs amis, mademoiselle Eulàlia devenait de toutes les couleurs. En y réfléchissant, je crois que

Mariona savait tout ça par mademoiselle Maragda, la modiste, qui, maintenant je peux le dire, ne m'a jamais plu.

— Ils avaient l'air d'aller tellement bien ensemble…

— Ne vous fiez jamais aux apparences.

J'en suis resté baba. À l'intérieur, cette fille avait grandi à en faire peur. Le jour où elle m'a à nouveau demandé ce qu'elle devait faire avec Mingo, je lui ai dit qu'elle en savait plus que moi sur le sujet.

— Avant, vous veniez parfois à la cuisine prendre le café. Pourquoi vous ne venez plus, maintenant ? Vous me tiendrez compagnie. Dès que les assiettes sont propres, les filles sortent prendre l'air.

Je me suis présenté à la cuisine deux jours plus tard. Je me suis arrangé et je lui ai préparé un joli bouquet, qu'elle a tout de suite mis dans l'eau. La cuisine était un demi-sous-sol. Il y avait deux fenêtres, larges et un peu hautes, au-dessus de l'évier. Ces fenêtres ouvraient au ras du jardin et, de la cuisine, on voyait trembler de petites herbes. Quand elles pensaient à y mettre du pain mouillé, il y avait toujours des batailles de moineaux. Sur l'armoire, il y avait une radio, blanche et toute petite, et un long vase étroit avec le persil. Elles gardaient la radio allumée tout le temps. Ce que je ne saurais pas expliquer, à propos de la cuisine, c'est le genre d'odeur qu'on y respirait : comme un reste de sucre et de beurre et de bons plats, qui disparaissait quand elles faisaient du café et qui revenait ensuite. La lumière venue d'en haut lui donnait un air chaleureux. Quand j'allais à la cuisine, j'avais l'impression d'être caché dans le ventre d'une hirondelle. Quima tenait sa cuisine comme un salon. Une de ses spécialités, c'était la sole aux champignons. Elle avait beau être de la campagne, elle connaissait son affaire. Elle était un peu cagneuse et courte sur pattes et elle avait la poitrine assez grosse, comme si on la lui avait prêtée pour un moment ; le visage rond et blanc, les joues d'un rose soutenu, à force d'être près du feu. Un peu une tête de bonne sœur, avec un œil joyeux et l'autre triste. Elle a préparé le café.

— Voulez-vous bien me dire pourquoi vous n'êtes pas venu manger le poulet, l'autre jour ?

Je lui ai juré que j'avais oublié.

Elle a allumé le gaz, a posé une casserole dessus et, quand l'eau a bouilli, elle a fait un café à réveiller les morts. Tasses, soucoupes, petites cuillers et sucrier : nous buvions à petites gorgées, comme deux ministres.

— Puisque nous sommes seuls, et en toute confiance… Dites-moi… Vous savez quelque chose, vous ?

La radio ne cessait de jouer une chanson détestable.

Je l'ai regardée bien en face, j'ai fait non de la tête et elle a tout de suite compris que je disais la vérité. Un rayon de soleil, long et mince quand j'étais arrivé, s'élargissait sur le carrelage couleur safran.

— Vous ne savez rien sur eux ? D'avant qu'ils se marient ? Il semblerait que madame Rosamaria attend une visite. Je veux dire… On dirait qu'elle l'attend et qu'elle ne l'attend pas. Je ne sais pas si vous me comprenez.

Pour ce qui est de la comprendre, je ne peux pas dire que je la comprenais. Pas un traître mot.

— Qui sait ce qui va se passer. Apparemment, elle n'arrive pas à dormir. On la voit souvent au balcon, la nuit.

— Croyez-moi… Arrêtez de vous inquiéter pour un rien.

Dès que j'ai vu Feliu tout seul, je suis allé le trouver.

— Vous savez quelque chose, vous ?

— Qu'est-ce que je suis censé savoir ?

— Il paraît qu'ils attendent une visite.

— Vous croyez aux fantômes ?

Je lui ai dit que non, mais qu'au village le bruit courait que madame Pepa se promenait parfois sur le mirador.

Il s'est tourné vers moi, comme s'il allait me dire quelque chose, mais il s'est ravisé.

— Venez voir ce que je peins et n'y pensez plus.

Sur le mirador, il y avait mademoiselle Eulàlia avec un pantalon de drill, pieds nus, debout devant un tableau qui avait l'air peint au rouleau. Très joli. Celui de Feliu était assez triste. Pas vraiment triste, plutôt morose. Je suis parti aussitôt, parce que je devais soufrer. Les pucerons infestaient mes rosiers. Avec leurs feuilles recroquevillées, rongées au revers, ils faisaient peine à voir.

J'y suis retourné plus tard, mais ils n'étaient plus là. Ils étaient juste en dessous, assis sur une pierre, et ils parlaient à voix basse.

— Ce que doit faire Rosamaria, disait Feliu, c'est aimer son mari, qui lui donne tout ce qu'elle veut et la fait vivre comme une princesse.

— Tu penses qu'elle ne l'aime pas ?

— Qu'est-ce que j'en sais ? Qu'ils se débrouillent pour s'entendre. Regarde-les, là en bas !

Monsieur et Madame nageaient au loin, avec mademoiselle Maragda. On ne voyait que leurs têtes, et encore, toutes petites. Je me suis penché à la balustrade, ce que je n'avais pas fait, je crois, depuis la nuit où monsieur Francesc était en bas avec Miranda. Très prudemment. J'ai vu que Feliu et mademoiselle Eulàlia s'étaient levés et marchaient lentement, l'un à côté de l'autre, avec leur matériel de peinture. Les vagues allaient et venaient, sur le sable, elles allaient et venaient... bam ! l'écume, et en arrière, et à nouveau en avant et... bam ! un coup de langue au sable, toujours la même eau, toujours les vagues, avec la même eau, qui promet et ne donne rien, faisant toujours mine de rester là, en été et en hiver, et voici deux coquillages, essayez de nous attraper... Les trois nageurs se sont approchés, dans cette prairie toute bleue, et quand ils ont été un peu plus près j'ai commencé à arracher les feuilles sèches des géraniums pour qu'ils ne pensent pas que j'étais désœuvré. Madame a été la première à sortir, dégoulinante d'eau et le souffle court. Quand elle s'est étendue pour prendre le soleil, après avoir un peu essoré ses cheveux, son mari et mademoiselle Maragda étaient encore loin.

Cette nuit-là, je ne pouvais pas dormir et je suis sorti me dégourdir les jambes. J'ai contourné la maison, du côté où il y avait les chambres de Monsieur et Madame, faisant face à la villa de monsieur Bellom. Eux, je veux dire chez nous, ils avaient la lumière allumée. Je me suis assis par terre, adossé à un tilleul. La lumière est restée allumée très longtemps et finalement Madame est sortie sur le balcon. Je me suis endormi sans m'en rendre compte et quand je me suis réveillé le rossignol chantait et elle, elle était encore sur le balcon, comme une ombre. Quima avait raison.

Le jour de l'Assomption de la Vierge Marie, ils sont tous partis en excursion. J'ai un peu tourné dans le village. À l'Excelsior, ils donnaient une saison uniquement avec des vieux films, que j'avais déjà vus, avec beaucoup d'histoire et pas beaucoup d'action. En passant, je suis entré saluer Bergadans, qui faisait de la mauvaise graisse. Un petit verre d'anis au comptoir, et à la maison. En chemin, je suis tombé sur eux.

— Savez-vous par où nous devons prendre pour aller chez les Bohigues ?

C'étaient deux personnes âgées, un vieil homme et une vieille femme, habillées tout en noir. Lui, il portait un manteau, et elle une mantille. Ils se ressemblaient, je l'ai vu tout de suite, par leur manière de bouger, de dire les choses, par une certaine crainte de déranger, par leur façon de ne rien dire, la tête baissée, en regardant le sol.

— Oui monsieur, venez avec moi.

— C'est très loin ?

— Après le tournant.

— Tant mieux, parce qu'elle n'en peut plus. Pensez donc, un voyage par cette chaleur, et elle qui ne sort jamais de la maison, même pour aller à la pharmacie, juste à côté. Comme nous vivons dans une villa, elle n'a pas besoin de bouger…

— Vous venez voir Monsieur et Madame ?

— Oui. Nous voudrions les voir tous les deux. Surtout Rosamaria.

Je leur ai expliqué qu'ils n'étaient pas là et les voilà qui s'arrêtent sans rien dire au beau milieu de la rue. Alors que je pensais qu'on allait rester là, il a dit :

— Tu vois, je t'avais bien dit qu'on aurait dû écrire.

Elle me regardait, sans l'écouter.

— Vous savez si Rosamaria a dit quelque chose à propos d'Eugeni ? m'a-t-elle demandé.

— Si Eugeni avait dit quelque chose, nous le saurions, a dit le vieux. Et, s'adressant à moi, il a ajouté : Nous le saurions, vous ne croyez pas ?

— Et si Eugeni n'a rien dit ? Et si Eugeni n'a rien

dit ? a-t-elle fait, désespérée.

— Calme-toi. Eugeni va donner signe de vie. C'est certain.

— Et s'il a changé ?

— Il ne doit pas avoir changé autant que ça…

— Et si nous avons fait ce voyage… ?

— Ce voyage, c'est toi qui l'as voulu, ma fille.

Je leur ai dit qu'ils pouvaient entrer se reposer et que s'ils étaient disposés à attendre ils pourraient peut-être les voir.

— Qu'est-ce que tu en penses ? a-t-il demandé.

— Il me semble que oui, que nous pourrions attendre.

Alors que nous étions tout près de la grille, il s'est immobilisé en me regardant.

— Vous ne savez pas, vous, si Eugeni est venu ?

Il avait dans les yeux une sorte de tristesse que je n'avais jamais vue dans les yeux de personne. On la devinait à peine, mais c'était comme si elle était là depuis longtemps.

— Non, monsieur. Je ne crois pas qu'il soit venu.

— C'est notre fils. Nous venons voir si Rosamaria a des nouvelles… Vous êtes de la famille ?

— Non, monsieur. Je suis le jardinier.

Ils ont passé un moment à se demander si Eugeni n'était pas allé les voir eux, avant d'aller voir Rosamaria.

— Vous ne pensez pas que nous ferions mieux de revenir un autre jour ?

— Maintenant que vous êtes là, il vaut mieux essayer de les voir.

— Nous n'allons pas vous déranger ? Je sais qu'un jardin ça demande beaucoup de travail. J'en ai un, justement.

— Tu crois que c'est convenable que nous demandions à Rosamaria si elle a des nouvelles d'Eugeni ?

— Il fallait y penser avant, ma fille…

— En ce qui me concerne, vous pouvez les attendre, ai-je dit.

— C'est que ma femme n'arrête jamais. Vous avez dû vous en rendre compte…

— Ne le croyez pas. Il finirait par croire qu'il a raison. C'est lui, qui est têtu.

— Il faut que j'en entende de toutes les couleurs, et dites-vous bien que si elle m'avait écouté, Eugeni serait à la maison et nous n'aurions pas besoin de le chercher en prenant le train, comme des malheureux.

— Ne parle pas tant d'Eugeni.

— Est-ce qu'on n'est pas ici pour lui ? Ce n'est pas toi qui t'es mis en tête de venir voir Rosamaria ? Tu vas me faire rire, à la fin.

— Tu fatigues ce monsieur. Les histoires des autres, ça fatigue.

— Il sait très bien que ça n'a rien d'étrange que des parents cherchent leur fils, ce monsieur.

Nous étions arrêtés devant le portail et ils ne s'en étaient même pas rendu compte.

— Si je ne m'étais pas décidée à venir, a-t-elle dit en me regardant avec insistance, nous serions en train de cueillir les fleurs de l'arbre de Judée. Andreu, mon mari, il est comme ça. Il ne sait jamais ce qu'il veut.

— Mais moi aussi je le cherche, il me semble. Ce monsieur va penser que tu es la seule à le chercher. C'est ce qu'elle fait, vous voyez ? Elle veut tout pour elle.

— Vous êtes témoin que je ne veux rien.

— Pourquoi faut-il discuter ? Tu peux me dire pourquoi il faut discuter ?

Il avait l'air très chagriné.

— C'est toi qui discutes.

— Tu fais comme si tu étais la seule à le chercher.

— Tu viens de dire que ce voyage, c'est moi qui l'ai voulu. C'est moi qui cherche mon fils.

— Si je n'avais pas voulu le chercher, nous serions à la maison, en ce moment... C'est une façon de parler.

— Vous le comprenez, vous ? Quand il parle sans s'arrêter, il s'embrouille... Une façon de parler ! Si on faisait attention à tous les mots...

— Les mots résonnent et ils font mal.

— Vous voyez, il me fait tourner en bourrique.

— C'est elle qui le cherche. Nous sommes venus voir si Rosamaria a des nouvelles d'Eugeni et elle, elle cherche la petite bête...

Je les ai fait entrer dans le jardin et je les ai conduits au mirador, pour qu'ils s'assoient. Mais, aussitôt assis, ils se sont levés.

— Regarde. Tu vois ? La Méditerranée, a-t-il dit en enlevant son chapeau.

Il a passé son mouchoir à l'intérieur et l'a remis, bien enfoncé sur sa tête.

— Comme elle doit être contente, Rosamaria, d'habiter si près de la mer ! Elle aimait tellement l'eau quand elle était petite ! Je les baignais tous les deux ensemble, Rosamaria et Eugeni, dans une bassine d'eau placée au soleil.

— C'est ce qu'elle imagine, a-t-il dit tout bas. Ensuite, il a élevé la voix : Rosamaria ne s'est jamais baignée dans aucune bassine, chez nous.

— Qu'est-ce que tu en sais, tu étais au travail.

— On n'avait pas de bassine.

— Ils mettaient de l'eau partout... – Elle s'est couvert la bouche avec les mains, dans un geste d'effroi. – Et moi, j'épongeais, à grands coups de serpillière. Ils me donnaient beaucoup de travail. Parfois, je mettais dans l'eau une branche de rue odorante, et l'eau sentait la rue. Rosamaria n'aimait pas l'odeur de la rue, mais j'en mettais parce que ça fortifie. Une fois, par distraction, j'ai mis une branche de rue avec une chenille, qui avait de très belles couleurs… noir et jaune, avec des petites rayures soyeuses… Vous savez comment c'est, n'est-ce pas, les chenilles de rue ?

— Tout ça, elle l'invente. Ne l'écoutez pas.

— Il n'y a rien de plus laid que de contredire quelqu'un qui dit quelque chose. À quoi ça me servirait, d'inventer qu'il y avait une chenille dans l'eau de la bassine ? Vous ne croyez pas ?

Je lui ai dit qu'en effet, ce genre de choses ne s'invente pas.

— Comme elle a pleuré… Elle a eu peur et elle est partie en courant vers le potager.

— Nous avons un jardin et à partir de la moitié c'est un potager, a-t-il expliqué.

— Et les cris ! J'ai tué la chenille et Rosamaria est revenue et je l'ai habillée. Eugeni était très triste, pauvret… Je leur ai donné un verre de lait et ensuite, hop, j'ai envoyé Rosamaria chez elle.

— Chez sa tante.

— Chez sa tante. Mais nous, on était un peu comme ses parents.

— Tu fatigues peut-être monsieur. Si elle vous fatigue, dites-le sans façons.

— On n'est pas des gens à faire des façons, a-t-elle dit en regardant la mer.

— Non, on peut le dire, on n'est pas des gens à faire des façons.

— Ils sont partis avec la voiture blanche ? a-t-elle demandé.

— Non. Avec une voiture couleur prune.

— Tu vois ? Il n'a plus la blanche.

— Il aimait beaucoup changer de voiture, Francesc.

Elle avait la peau très finement ridée et ses joues et son cou avaient l'air en tissu. Lui, il portait la moustache : une petite moustache, blanche comme ses cheveux, mais ses sourcils étaient très noirs. Ils s'étaient rassis. Il restait immobile, les jambes un peu écartées. Ses mains, aux doigts boudinés et courts, étaient posées ouvertes chacune sur un genou. Elle, elle ne restait jamais tranquille. Elle se touchait le cou, elle touchait une aiguille d'or qu'elle portait sur la poitrine, elle touchait sa mantille, elle arrangeait les plis de sa jupe et faisait un drôle de truc avec le nez : de temps en temps, elle reniflait deux fois, comme un lapin.

— Paulina a une passion pour Rosamaria, ça c'est vrai. Nous parlons toujours d'elle comme si elle était encore petite et allait frapper à la porte d'un moment à l'autre pour aller au jardin voir les fleurs.

— Comme ma fille. Je la considérais comme ma fille. Eugeni, il était à nous, mais Rosamaria… On aurait dit qu'elle sortait d'une église et parfois je la regardais et j'avais davantage envie de prier que si j'étais à la messe…

— Elle aimait beaucoup Rosamaria, Paulina.

— Et toi aussi.

— Pas autant que toi.

— Le jour de ma fête, elle venait me la souhaiter et elle m'embrassait et restait déjeuner. Elle passait l'après-midi à la maison.

— Et si on ne lui disait pas de rester dîner, vous auriez dû voir la tête d'Eugeni…

— Comme nous on avait un jardin et sa tante non, nous avons planté un rosier qui était son rosier à elle. Vous savez, ces petites roses qui font des pompons.

Nous l'avions baptisé *Rosamaria*. Il donne des petites roses rouges.

— Les excelsa, leur ai-je dit.

— Évidemment, vous êtes jardinier… Excelsa, a-t-il dit.

— Excelsa. Ils ont beaucoup d'épines.

— Exactement.

— Vous savez si elle vit toujours, sa tante ? a-t-elle demandé en faisant son truc avec le nez.

— Il me semble que oui.

J'ai pensé que ça devait être la dame qui avait perdu ses dents.

— Et elle ne vit pas avec eux ?

— Non.

— Tu vois ? Je te l'avais bien dit, qu'elle avait quitté le quartier en disant qu'elle allait vivre avec eux et que ce n'était pas vrai. Si monsieur le dit, ça doit être qu'il en est certain.

— Est-ce que ça serait beaucoup de dérangement de vous demander un verre d'eau ? a-t-il dit en enlevant son chapeau. On dirait que la brise marine se lève…

Je suis allé à la cuisine. Les fenêtres étaient fermées et un bout de soleil, déjà à moitié mort et mis en morceaux par les brins d'herbe, jouait sur les carreaux couleur safran. J'ai pris un plateau, j'y ai posé trois verres, j'ai rempli une carafe d'eau et j'ai sorti deux bières de la glacière.

J'ai emporté le tout, en faisant très attention de ne pas trébucher. Madame Paulina était seule.

— Andreu est en bas. Il a vu l'escalier et il a dit qu'il avait envie de marcher sur le sable. C'est comme s'il redevenait enfant. Les malheurs, vous savez…

Elle a bu un verre d'eau sans respirer et s'est penchée à la balustrade.

— Regardez-le, il a enlevé ses chaussures et il a mis les pieds dans la mer. Et elle a crié : Ne fais pas ça, tu es en sueur… Monte, on nous a apporté l'eau. Et de la bière !

Il est remonté, les yeux brillants, les joues roses et les chaussures à la main.

— Ça ne me plaît pas du tout, ce que tu as fait.

— Tout le sang m'est redescendu de la tête.

— Tu te sentais mal.

— Non… Mais je me sens mieux.

Je lui ai versé de la bière et je m'en suis versé. Madame Paulina n'en a pas voulu.

— Pas maintenant, merci. Plus tard, peut-être un peu.

Il a laissé la mousse retomber. En attendant, il gardait les jambes allongées pour que ses pieds sèchent. Ils étaient blancs ; vieux et morts.

— Ils sèchent tout seuls, a-t-il dit en voyant que je les regardais.

— Quand je pense qu'on voulait apporter un bouquet de fleurs pour Rosamaria…

— Qu'est-ce que je t'ai dit ? Quand on va dans une maison avec un jardin…

— Vous savez s'ils ont des enfants ?

— Pas pour l'instant.

— Elle aimait tellement les enfants, a-t-elle dit. Quand elle était petite, elle disait toujours qu'elle voulait se marier pour en avoir.

— C'est ce qu'on dit quand on est petit…

— Je sais qu'elle aimait les enfants. Dès qu'elle a commencé à coudre, elle a fait une petite robe pour la fille de Matilde.

— Je m'en souviens très bien, a-t-il dit.

— Ça vous dérange, si je tricote ? m'a-t-elle dit.

— Non, madame, non.

— Ma femme tricote tout le temps.

— C'est pour Eugeni, vous savez ? Et elle a sorti des aiguilles et de la laine d'un sac.

— Elle travaille pour Eugeni.

— Ça fait deux ans que j'ai commencé.

— Elle lui fait des chandails et des chaussettes.

— Il aimait changer de chaussettes tous les jours, a-t-elle dit sans lever les yeux de son ouvrage.

— Elle a commencé le premier chandail et elle pensait que quand elle l'aurait fini Eugeni reviendrait.

— Et après je lui en ai fait un autre, toujours pleine d'espoir.

— Je ne sais pas pourquoi. Il avait pourtant dit qu'il rentrerait au bout de cinq ans.

— J'ai toujours pensé qu'il se lasserait d'être loin de la maison…

— Quand elle se met quelque chose en tête… Écoutez : quand Eugeni est parti, elle s'asseyait sur une chaise et passait des heures et des heures à regarder devant elle, sans rien faire. Si on ne lui avait pas mis la nourriture dans la bouche et si on ne l'avait pas déshabillée pour la mettre au lit… Elle serait restée sur sa chaise.

— Je ne m'en souviens pas tellement, mais ils disent que c'est comme si j'avais été en bois.

— Exactement comme le bois. Si elle vivait, c'est uniquement parce qu'elle respirait.

— Et même ça, je n'en avais pas envie.

— Tout la fatiguait… Vous pourriez me verser un peu plus de bière ? a dit monsieur Andreu en avançant son verre.

— Moi aussi, j'en veux bien deux doigts maintenant, a-t-elle dit.

— Toi, ça va te faire du mal, tu n'es pas habituée.

— C'est que l'eau, c'est tellement ennuyeux…

— Donnez-lui-en un peu, sans abuser. Ne viens pas te plaindre après… Elle est bonne, a-t-il dit en me regardant. Vous voyez ? Elle va tout de suite tricoter.

— Mais il faut que je regarde les points. Sans regarder, je ne peux pas.

— Le tricot l'a beaucoup aidée.

— Parfois, ça prend la tête. C'est ce qu'on dit.

— Ne croyez pas ça. C'est une distraction. Regardez comment elle fait… Et quand elle finit un chandail elle est contente. Elle en a un tiroir plein. Tous pour Eugeni. Maintenant elle lui fait des chaussettes. Pour moi, pas une seule. Rien de rien. Abandonné.

Il a tiré son mouchoir de la poche de son pantalon, s'est épousseté la plante des pieds et a commencé à se rechausser.

— Vous voyez mes chaussettes ? Pour que vous ne pensiez pas que je vous raconte des histoires : on ne fait pas plus vieux.

Il a pris une motte de terre et l'a désagrégée avec les doigts, comme s'il voulait sentir son goût avec la peau. Ensuite il a commencé à dire des sottises.

— Cette terre donnerait de bonnes fraises… En venant ici, j'ai vu des cinéraires. Vous savez que ça suce tout ce qui est à leur portée ? Avec ce que sucent les cinéraires, on ferait des blettes avec des côtes aussi blanches que le lait.

— On a un petit jardin, mais il en est pratiquement amoureux.

— Chacun son occupation. Toi tu as le tricot.

— Il me reproche toujours de tricoter.

— Et toi tu me reproches le jardin.

— C'est un jardin à moitié fou, a-t-elle dit. On y

trouve de tout : des lilas, des mauves et des plants de haricots.

— Raconte-lui comment…

Un coup de vent a emporté son chapeau. Nous avons couru tous les deux pour le rattraper. Alors que nous revenions, il m'a dit tout bas :

— Si vous voulez lui faire plaisir, dites-lui que ses points sont très réguliers. Avec tout ce qu'on a enduré à cause du petit, elle est un peu fragile de la tête… Vous me comprenez, n'est-ce pas ?

Et il a mis son chapeau.

Quand j'ai été près d'elle, je me suis accroupi pour voir comment elle tricotait et je lui ai dit que ses points étaient parfaits, qu'on aurait dit qu'ils avaient été faits à la machine. Elle a levé la tête comme un lézard et a ri avec la bouche un peu tordue.

— Il fait dire la même chose à tout le monde. Mais c'est vrai… Il n'y a pas un point qui soit différent des autres. Vous voyez ? – Elle a tendu le morceau tricoté. – Il faut avoir la main, et savoir tenir les aiguilles. Il ne suffit pas de pratiquer. Si on les prend un peu trop bas ou un peu trop haut, le point change complètement.

Comme je ne savais pas de quoi parler, je lui ai demandé :

— Vous faites toutes les chaussettes de la même couleur ?

— Bien sûr, quelle idée… Marron, c'est ce qu'il y a de mieux. Et votre dame, elle vous fait des chaussettes ?

— Elle est morte il y a des années, lui ai-je dit.

— Vous avez des enfants ?

— Non.

— Tu vois ? a-t-il dit comme s'il était en colère. Ni épouse ni enfants.

— Vous voulez voir un peu le jardin ?

— Laissez-moi finir ce rang.

Le vieux s'est approché des pots de géraniums.

— Oh, lui ai-je dit, ne regardez pas ça… À la fin de l'hiver, je les arracherai tous et je replanterai les mêmes. Un plant de géranium, ça part vite.

— Pourquoi ne mettez-vous pas des géraniums cattleyas ?

— Ceux qui pendent ? Non merci !

— Parce qu'ils pendent ?

— Exactement. Ils feraient toutes leurs fleurs en bas, et rien en haut. Et les cattleyas sont roses et ici il faut des géraniums rouges.

— Il ne faut pas avoir de préjugés. Le rose, c'est une bonne couleur. Et des cattleyas, il y en a des blancs et des lilas.

— Du géranium rouge meteor ! Et pas de géranium cattleya. Le géranium cattleya, ce n'est pas bon, même en treille. Il grimpe ou il pend et les feuilles vont vers le haut ou vers le bas, mais elles ne couvrent jamais le pied de la plante. Toute leur vie s'en va par le pied.

— C'est parce que vous n'êtes pas habitué. Vous ne pouvez pas comparer la fleur du cattleya avec celle des géraniums que vous avez là.

— Ne le laissez pas se mêler de vos affaires, parce qu'il veut toujours commander, a-t-elle dit sans lever les yeux de son ouvrage.

— Je ne veux pas commander, pas du tout. Je donne des conseils. Et le géranium cattleya est un bon géranium. Et très généreux.

— Meteor. Si je devais changer, je mettrais un géranium vigoureux et pas un géranium maladif. Bien rouge et avec des feuilles bien pleines de sève.

— Si vous voyiez ma terrasse… Hein, Paulina, qu'est-ce qu'il dirait s'il voyait la terrasse de la maison ?

Toute la balustrade de devant, celle qui donne sur la rue, et toute la balustrade de derrière, celle qui donne sur le jardin, elles débordent de fluminentia et de géraniums cattleyas roses.

— Vous devez en passer, du temps, à les tailler…

Elle a replié son tricot et l'a rangé dans son sac.

— Ça y est, j'ai fini mon rang.

— Tu en as fait combien ?

— Peu. Très peu.

Nous avons remonté l'allée de tilleuls. Les tilleuls étaient tout fleuris, mais les fleurs commençaient à tomber. À cette époque de l'année, l'allée se remplissait d'hirondelles qui volaient bas et criaient désespérément.

— C'est une odeur entêtante. C'est du tilleul pour les nerfs ?

— Ils sont très vieux, et les mûriers aussi. Une allée comme ça… On aurait du mal à en trouver une pareille.

Je les ai emmenés voir les pensées. Cinq mètres de long sur deux de large.

— Jésus Marie !

— Ça fait une belle fin d'allée.

— C'est trop beau. Trop beau.

— Elles sont tellement jaunes, et plantées tellement droit.

— Au cordeau.

Plus loin, il y avait la corbeille de pensées violettes ; comme un grand coussin.

— Quel travail…

Ils sont restés bouche bée devant les magnolias. Avec les fleurs tournées vers le haut, toutes couleur de cire, et les fleurs en boutons.

Chaque magnolia faisait l'effet d'un arbre royal.

— Venez voir les roses. J'ai soufré les rosiers, parce qu'il y a une invasion de pucerons. Regardez le rose de la Caroline. Et les boutons ; on dirait que l'air se retire pour qu'ils ne s'ouvrent pas trop tôt. Et le jaune de celle-là, la Talisman. Et le rouge sang de la Hollande ; quand elle s'ouvre complètement, elle perd sa force et elle devient rouge tomate… Et là, vous voyez ? C'est les rosiers moussus. Toutes les tiges sont comme de la mousse épaisse.

— On a un rosier comme ça, nous aussi.

— Mais ils sont tellement différents ! Il y a plus d'air, ici.

— Oui, il y a plus d'air, ici…

— Et regardez l'Ophélia… Si vous étiez venus en mai, vous auriez vu les lilas, qui ont l'air d'une forêt : les blancs, les lilas, les violets et les mauves… Et à fleurs doubles, vous savez ? Chaque branche remplit un vase. Vous ne voyez pas que je ne m'occupe que de ça ?

Après avoir regardé les roses, nous avons marché jusqu'à l'écurie.

— Vous voulez voir les chevaux ?

Toni n'était pas là. Les jours de fête, il prenait le large.

— Et qu'est-ce qu'ils en font, de ces bêtes ?

— Si vous voyiez comme ils courent… Là, c'est celui de madame Rosamaria ; il s'appelle Fletxa.

— Quelle vie !

— Il y a vraiment beaucoup d'air, ici ! Nous, on a peur que ça se construise près de chez nous.

— On construit beaucoup, dans notre quartier.

— Vous savez où se trouve le carrer Ríos Rosas, à Sant Gervasi ? C'est une rue très connue.

Madame Paulina s'est mise à pleurer, tout doucement.

— Ne pleure pas, ma fille, ne pleure pas… Que va dire ce monsieur ? On va dehors, allez… On est enfermé, ici. On va prendre l'air. Vous savez pourquoi elle pleure ? Parce qu'elle pense que notre Eugeni n'aurait pas pu lui donner tout ça… On va prendre l'air.

— Venez, venez.

— Rosamaria, elle aimait coudre et fréquenter l'atelier de madame Maragda, qui lui avait promis qu'elle ferait d'elle une modiste, a-t-elle dit tout en faisant son truc avec le nez, au moment où nous sortions à l'extérieur.

— N'en parlons pas, n'en parlons pas. Ce qui est fait est fait.

— Nous avons peur. Ce qui se passe, c'est que nous avons peur, sans nous le dire.

— La peur nous empêche de vivre, a-t-il dit.

Lorsque nous avons été à l'extérieur, monsieur Andreu a demandé :

— Combien ça peut coûter, un cheval comme ça ?

— Une fortune.

— Une fortune ? a-t-elle demandé.

— Tu as entendu, Paulina, une fortune.

— Nous ne pensions pas que Francesc était aussi riche… Nous savions qu'il était riche, mais nous ne pensions pas que c'était à ce point.

— Son père était toujours vêtu de fil, en été, avec une canne qui avait un pommeau en or.

Je les ai emmenés derrière la maisonnette. J'y avais mis des chrysanthèmes, pour moi ; quand ils fleurissaient, Monsieur et Madame étaient déjà à Barcelone.

— Et ça, c'est du chèvrefeuille, Paulina… Regarde, du chèvrefeuille. Et là-bas, tout en haut, des pins. Des pins maritimes.

— Parasol. Et là, il y a la maison de verre. Cette année, ils m'ont promis de la refaire, deux fois plus grande. Et avec l'électricité.

— Et qu'est-ce que vous y mettez ?

— Il y a quelques plantes délicates, que vous n'avez pas vues. Et les hortensias. Et il y en a que je ne peux pas rentrer. Ils ont voulu que je plante les camélias en pleine terre et je dois leur mettre un capuchon en toile de sac.

Nous nous sommes encore promenés un moment et après leur avoir montré les plus belles plantes, je les ai fait entrer dans ma maisonnette et leur ai demandé s'ils voulaient goûter. Ils ont dit non, d'une seule voix, non merci, c'est très aimable de votre part. Je les ai fait asseoir et j'ai sorti une bouteille de muscat et des petits verres.

— Ça va te faire du mal, a-t-elle dit.

— Juste un doigt.

— Tu as déjà bu de la bière…

— Vous croyez qu'ils vont tarder encore longtemps ?

— Oh, vous savez, ils n'ont jamais vraiment d'heure…

— Et nous les entendrons arriver, d'ici ?

— Ils donnent trois coups de klaxon.

Madame Paulina a pris son mari par le bras.

— Trois coups de klaxon… Comme quand il venait chercher Rosamaria.

Finalement, je leur ai donné à goûter, parce que je savais ce qui allait se passer. Qu'ils arriveraient tard.

— Vous avez le voyage de retour, et si vous partez par le train de dix heures et demie… avant que vous soyez à Barcelone…

Je leur ai fait une omelette avec de l'ail et du persil et un peu de tomate. J'avais un bout de saucisse sèche, que j'ai coupée en tranches très fines. Et du pain en quantité. J'ai débarrassé la table de la pile de linge que Quima m'avait apportée au début de l'après-midi, j'ai posé les assiettes sur la toile cirée et tout s'est très bien passé.

C'est en mangeant que nous sommes peu à peu entrés en confiance. Madame Paulina a vu le portrait de Cecília et m'a demandé si c'était ma femme. Je leur ai raconté ma vie, à très grands traits. Après avoir goûté, elle a tiré son ouvrage de son sac et va que je tricote. Son mari et moi, nous sommes allés un moment à la cuisine et quand nous sommes revenus nous nous sommes assis à côté d'elle. Dès que nous avons été assis, elle a dit sans lever la tête :

— Eugeni a voulu se tuer à cause de Rosamaria.

— Ne parle pas de ces choses. C'est du passé ; on ne doit pas y penser…

— Andreu ne connaît pas mon fils ; c'est un père qui ne connaît pas son fils.

Et, s'arrêtant de travailler et se penchant complètement en avant, elle lui a dit, très en colère :

— Pourquoi est-ce qu'on est là ? C'est parce que c'est du passé, qu'on est là ? Quand ils regardaient ce livre… – Et sa voix s'est étranglée dans sa gorge.

— Je t'ai dit de ne pas parler de ces choses… ça suffit. Tu vois ? C'est toujours pareil.

— Lui, il pense davantage à Eugeni que moi. Je le connais. Il y pense davantage que moi. Ils ont appris à lire en même temps et ils regardaient un livre d'histoire rempli d'images de guerre. Et déjà, ils disaient qu'ils allaient se marier. Et ils se seraient mariés si Francesc n'avait pas habité à côté.

— Tricote et n'y pense plus… Tais-toi. Tricote.

— Si vous saviez le nombre de fois qu'elle m'a aidée pour le grand nettoyage et pour faire les vitres de la galerie. Ils arrosaient le jardin, tous les deux : lui avec une vieille bassine et elle avec un arrosoir vert, trop grand pour elle. Quand ils avaient fini, ils laissaient la bassine et l'arrosoir à côté du lavoir.

— Paulina leur faisait arroser mes plantes avec l'eau du lavoir, pleine de savon. Comme si je ne savais pas arroser.

— Tu comptais sur eux. Et tu ne voulais pas utiliser l'eau du lavoir, et pourtant c'est bon pour les plantes, l'eau savonneuse.

— Elle empêchait le garçon d'étudier. Parce qu'il ne faut pas croire, cette histoire d'arrosage, ce n'était pas seulement quand ils étaient petits… Elle est très têtue.

— Rosamaria arrosait encore le jardin de la maison quand Francesc venait la chercher avec son auto. Il donnait trois coups de klaxon et nous, depuis la salle à manger, on l'entendait et on entendait le moteur qui démarrait et on savait que Rosamaria et Francesc partaient ensemble.

Ils se sont tus un instant. Moi, je ne savais que dire, parce qu'ils me faisaient beaucoup de peine. Elle, elle tricotait, tête baissée, et lui, il s'était mis debout et il regardait par la fenêtre.

— Ce qu'on a souffert…

— Et elle, comme elle a changé… Elle a tellement changé, on avait du mal à y croire.

Madame Paulina me regardait, les yeux bien ouverts.

— Eugeni avait l'air d'une ombre, a-t-il dit. Quand il est revenu du service, on ne le reconnaissait pas. Il avait changé, plus qu'elle, mais en malheureux.

— Quand on a su que Francesc était à l'étranger, on a respiré. Son père passait tous les jours devant chez nous, sans penser à tout le souci que son fils nous donnait, avec son costume de fil à la saison chaude et sa canne à pommeau d'or. Déjà, à l'époque, son auto le suivait au cas où il serait fatigué de marcher.

— Il n'a pas fait de vieux os. C'était un vrai monsieur, mais il n'a pas fait de vieux os, a-t-il dit comme s'il se parlait à lui-même.

— Le temps que Francesc est resté à l'étranger, Rosamaria et Eugeni ont recommencé à se parler. Elle venait parfois à la maison. Mais quand Francesc… Dès que Francesc est revenu, on a compris que c'était fichu.

— Eugeni pensait encore qu'ils sortaient comme ça, juste pour sortir. Il étudiait toute la journée dans sa chambre sur le toit, bien tranquille…

— Il n'y avait pas un centimètre carré sans le nom de Rosamaria.

— Ma femme dit que si Eugeni avait été une mouche, il aurait écrit son nom jusque sur le plafond.

— Ce n'est pas vrai. C'est lui qui a dit ça, une fois. Et le lendemain je l'ai répété et il s'est fâché parce que je le disais et quand je lui ai dit qu'il avait été le premier à le dire il m'a dit que c'était un mensonge.

— Ne faites pas attention.

Il s'était rassis et avec un doigt il faisait rouler des miettes de pain qui étaient restées sur la table. Il avait l'air d'être très loin.

— Et il y a eu le jour des cris…

— Oui. On est sortis dans la rue, affolés. À la porte de chez Rosamaria, il y avait la voiture blanche, avec Rosamaria à l'intérieur. Eugeni avait attrapé Francesc par le revers et essayait de le faire sortir…

— Il fallait voir comme il le tirait, et Francesc s'accrochait et elle, elle se cachait le visage avec les mains. La tante est sortie au balcon et a crié à Eugeni de laisser Francesc. Finalement, il l'a tiré de sa voiture, le revers déchiré, et ils se sont battus au milieu de la rue.

— Moi, a-t-il dit, un après-midi où Francesc appelait Rosamaria, je suis sorti et je lui ai demandé d'avoir l'amabilité de ne plus klaxonner, de la prévenir d'une autre façon, parce que nous avions peur qu'il arrive un très grand malheur, chez nous.

Ils parlaient l'un après l'autre, sans me regarder. Quand l'un se taisait, l'autre attendait un peu et se remettait à parler.

— Une fois, Eugeni, désespéré, m'a dit en parlant de Rosamaria : « Elle se trompe. Elle ne le voit pas, mais elle se trompe. Je voudrais la sauver, parce que je l'aime… Je l'aime depuis le premier jour, avant qu'on apprenne à marcher. »

— Quelques semaines après la bagarre dans la rue, nous avons su que le père de Francesc était allé demander la main de Rosamaria…

— Et parfois Eugeni venait à la cuisine alors que je préparais le déjeuner et il me disait : « Tu ne vois pas comme je suis calme ? » Il faisait semblant d'être content. Un jour, il m'a dit : « Elle est sortie de ma tête. » Et il est parti. Maigre et noir, avec tout le mal qui le rongeait à l'intérieur. Elle a cessé d'aller à l'atelier. Il paraît que sa bague de fiançailles faisait mal aux yeux, tellement elle brillait.

— Et Paulina a pu la voir.

— Un jour, j'étais seule et on a frappé à la porte. C'était Rosamaria. Quand je l'ai vue, j'ai eu tout à coup comme une douleur à l'intérieur. « Vous ne me reconnaissez pas ? » « Ça faisait tellement longtemps que tu n'étais pas venue… » Je l'ai fait entrer, je lui ai dit de s'asseoir et elle m'a dit qu'elle ne resterait pas longtemps, parce qu'elle ne voulait pas déranger. Je lui ai demandé pourquoi elle était venue. « C'est que je voudrais vous parler. »

— Elle lui a dit qu'elle voulait parler d'Eugeni et d'elle.

— C'est ce qu'elle m'a dit : d'Eugeni et d'elle. Que

si elle était venue, c'est parce qu'on était amis, parce qu'elle ne devait d'explication à personne... Mais on était amis et elle voulait que tout soit bien clair, qu'elle aimait Eugeni, mais comme un frère, et les choses avaient pris une certaine tournure, peut-être qu'il aurait mieux valu qu'elles en prennent une autre, et si elle ne venait pas souvent c'était parce qu'Eugeni ne voulait pas accepter... Nous, elle nous aimait et elle nous aimerait toujours... « Je suis désolée pour Eugeni... » J'ai regardé sa bague et elle s'en est aperçue ; elle est devenue toute rouge et elle a tourné la pierre à l'intérieur. Je lui ai dit pas du tout, pas du tout, qu'Eugeni était très content de la vie, que pas du tout, pas du tout...

— Il paraît qu'en partant elle a regardé le coin...

— Oui, elle a regardé le coin où il y avait le pupitre et elle a dit : « Le temps qu'on a passé à regarder ce livre, avec Eugeni... Vous vous rappelez ? » Elle m'a demandé, à moi, si je me rappelais ! Elle l'a touché du bout des doigts, sans le déplacer, et elle a dit qu'au mariage ils ne seraient pas nombreux et qu'on ne s'étonne pas de ne pas être invités. Je l'ai raccompagnée à la porte et j'ai refermé.

Sans s'en rendre compte, elle avait baissé la voix et disait les choses très lentement. Lui aussi, il parlait très bas.

— Et bien sûr on est allés tous les deux voir le mariage, en voisins. Eugeni était sorti très tôt et nous avons même cru qu'il ne savait rien.

— Elle, à ce qu'on dit, quand on lui a apporté le bouquet de mariée, elle était déjà habillée et debout, pour ne pas froisser sa robe. Avant qu'ils aillent la chercher, on est allés aux Josepets. On s'est assis sur un banc tout au fond. Et on l'a vue entrer au bras du vieux Bohigues, et tout le monde derrière. Francesc donnait le bras à sa tante.

— Tous les cierges tremblaient, et en haut ils chantaient, et l'autel était plein de roses blanches. Il y a eu un sermon très long.

— Parce que c'étaient les Bohigues.

— Ce n'est que le soir que nous avons su qu'avant qu'ils aillent la chercher pour l'emmener à l'église Eugeni était allé voir Rosamaria, qui était seulement avec sa tante et trois ou quatre amies du voisinage. Il l'a prise par le bras et, les dents serrées, comme un fou, il lui a dit qu'il la laissait se marier avec Francesc, si c'était ce qu'elle voulait, mais qu'au bout de cinq ans, où qu'elle se trouve, il irait la chercher et elle le suivrait. Et il a regardé tous les autres un par un : « Je donne à Francesc cinq ans de la vie de Rosamaria… Cinq ans ! » Et il a levé la main avec les doigts tendus : « Cinq ! »

— Il est revenu à la maison tard dans la nuit. On l'avait attendu et il ne nous a pas dit un mot.

— Et le dimanche il est allé au football, mais le jour où je suis montée sur la terrasse nettoyer la pièce où il étudiait, parce que je ne montais que de temps en temps, j'ai dû m'accrocher au mur. Il avait tout mis en morceaux. La table et la chaise ; les livres, déchirés, et le petit lit qu'on lui avait mis pour qu'il puisse faire la sieste, en morceaux, et le matelas éventré, avec la laine répandue partout. Et par terre il y avait des petites taches rondes, sombres et sèches, comme du sang. Sur beaucoup de carreaux.

Ils continuaient à parler, tantôt l'un, tantôt l'autre, comme s'ils étaient très fatigués et qu'ils voulaient s'aider mutuellement. Moi, je commençais à avoir la gorge serrée.

— On est montés tout de suite pour nettoyer et on a tout ramassé et on a tout remis comme avant : une chaise, une table, des étagères pour les livres et une couchette. Paulina a fait faire un matelas avec la même laine.

— Et avec Andreu on a tout repeint en blanc, et on a effacé le nom de Rosamaria. Et au bout de quelques jours Eugeni est apparu dans la cuisine alors que je préparais le dîner, et il avait la figure verte, les yeux creux, et il a dit : « Pourquoi vous avez effacé son nom ? »

— Et il nous a quittés.

— Il nous a quittés comme ça. Tout simplement. Il a dit qu'il partait en Amérique, qu'il voulait trouver son chemin, qu'ici il ne pouvait pas... Il nous a quittés comme ça, du jour au lendemain : « Je m'en vais. » Et c'est comme ça qu'il nous a quittés... Et une année sans nouvelles. Et deux. Et maintenant ça en fait presque quatre... Et on est venus parce qu'on a pensé qu'elle, peut-être...

— On a pensé que si nous on n'a pas eu de nouvelles, peut-être qu'elle, elle sait quelque chose. Parce que nous on ne sait rien. Et ça fait presque quatre ans.

Je les avais regardés tout ce temps, et je ne savais pas quoi leur dire.

Je les ai fait entrer dans ma chambre.

— Vous voyez ces petits paquets ? La table en est couverte... Regardez... Vous pouvez lire... Il y a de tout : jacinthes blanches, jacinthes mauves, jacinthes coucher de soleil... Et ces petits paniers d'oignons... Vous voyez ? C'est des oignons de tulipes. Venez. – J'ai tiré la planche de sous mon lit. – Tout ça, c'est des graines de pensées... De giroflées... De mimulus tigré... Vous pouvez lire, allez. De pavot...

Tous les trois, on a fait un bond en entendant le klaxon de la voiture.

La nuit était tombée. Je les ai accompagnés jusqu'à la porte de la maison, qui était ouverte, et je n'ai pas eu besoin de dire quoi que ce soit, parce qu'ils les ont reconnus. Quand madame Paulina allait pour l'embrasser, madame Rosamaria a reculé un peu et monsieur Andreu, qui s'en est rendu compte, a pris madame Paulina par le bras et l'a écartée. Je suis parti. Avec le jardin dans l'obscurité et la galerie éclairée, j'avais l'impression de pouvoir les toucher, mais je n'arrivais pas à comprendre ce qu'ils disaient. Je voyais tous les mouvements des mains et des visages. Au bout d'un moment, les deux vieux sont restés seuls avec Madame. Ils parlaient tous les trois et de temps en temps Madame haussait les épaules. Ils ont dû rester là une demi-heure. Peut-être un peu plus. Quand j'ai vu les vieux se lever, je suis allé à la grille. Monsieur Francesc les accompagnait.

— Vraiment, vous ne voulez pas que je vous emmène en voiture ? C'est l'affaire de cinq minutes d'ici à la gare.

— La voiture me donne mal au cœur, disait-elle. Je préfère aller à pied. On a du temps de reste.

Monsieur leur a dit de revenir les voir un autre jour, mais qu'ils préviennent. Quand il est parti, j'ai attendu jusqu'au moment où je l'ai vu entrer dans la maison et je les ai suivis. De dos, ils étaient comme deux santons. J'ai fini par les rattraper et je leur ai demandé s'ils avaient appris quelque chose à propos d'Eugeni, et ils ont fait non de la tête. Après ma question, elle a eu une sorte de malaise : elle a plaqué la main sur sa poitrine et si on ne l'avait pas rattrapée à temps elle serait tombée par terre, parce qu'elle est partie complètement en arrière. On l'a conduite à can Bergadans, parce qu'on était tout près, et on l'a laissée étendue sur un lit. Monsieur Andreu et moi, on est descendus prendre un petit verre, on en avait bien besoin.

— Si elle peut se reposer jusqu'à l'heure du train, ça lui fera du bien, a dit Bergadans.

Il n'y avait personne dans le café et Bergadans est venu s'asseoir avec nous. Je lui ai demandé où il avait trouvé le papier avec des tournesols de la chambre où on avait conduit madame Paulina, celle-là même où j'étais allé chercher Monsieur l'été où il s'était entêté à ne pas vivre chez lui. Il m'a dit que cela faisait quinze jours qu'il l'avait changé et qu'il l'avait acheté au village, chez Matias.

— Vous en trouverez peut-être encore, si vous en voulez.

Je lui ai dit que je voulais tapisser ma salle à manger et que si Matias en avait encore je lui en achèterais. Ce n'était pas vraiment nécessaire, mais les tournesols, c'est très gai, et j'étais prêt à changer le papier, même si je devais le faire à mes frais.

— Un papier à fleurs, ça rend toujours bien, a dit monsieur Andreu, qui avait repoussé son chapeau en arrière et qui avait de nouveau les joues roses. D'une main, il tenait un verre d'anisette à l'eau et ses doigts, derrière le verre, avaient l'air encore plus boudinés.

— Demain, j'irai voir Matias.

— Si les tournesols sont grandeur nature, comme vous dites…

— Vous n'avez pas vu, comment ils sont, a demandé Bergadans, qui buvait du cognac comme si c'était de l'eau.

— Pour être franc, a dit monsieur Andreu, je suis incapable de voir quoi que ce soit. Si maintenant, en sortant d'ici, ce monsieur me disait qu'il y avait une mule derrière le comptoir…

— Hé là, hé là… a fait monsieur Bergadans en posant son verre sur la table et en faisant glisser son doigt sur le rebord. Je vais vous dire, moi…

— Excusez-moi… Vous me comprenez, n'est-ce pas ? Ce que je veux dire, c'est qu'il pourrait me dire que derrière le comptoir, il y avait… n'importe quoi. Et moi, je le croirais. Je suis distrait, vous savez. Quand j'étais petit, j'avais beaucoup de mal à trouver les rues.

— À Barcelone, ça se comprend ; mais ici, vous les auriez trouvées tout de suite.

Monsieur Andreu avait fini son anisette et faisait danser son verre sur la table.

— Vous voulez un peu de cognac, pour tuer le temps ?

— Je n'ai pas l'habitude et ça pourrait me faire du mal.

— Moi non plus, ai-je dit.

— Les liqueurs et moi… Sur ce point, Eugeni me ressemblait. Il ne touchait jamais aux liqueurs. Fumer oui, vous voyez. Il fumait. – Deux éternuements. – Je me serai enrhumé, sur la plage.

— Vous vous êtes baigné ? lui a demandé Bergadans en se versant du cognac sans aucune parcimonie.

— Les pieds, juste trempés… Quand on va à la mer… C'est pour dire…

— Vous ne voulez pas quelque chose de chaud ? Parce que si vous voulez, c'est prêt en cinq minutes.

— Non, monsieur, non.

— Pourquoi vous ne lui préparez pas une tasse de tilleul ? ai-je dit. Il vient de la maison. Quand je cueille le tilleul, j'en donne un paquet à Bergadans. Pour l'hiver.

— Oh, a fait Bergadans. Il me donne du tilleul parce qu'il est comme ça. Mais moi, je n'en bois jamais. Les clients… parfois. Un voyageur de commerce qui a la grippe…

— Ça ne sert à rien, a dit monsieur Andreu. Quand

on avait tous nos malheurs, j'en faisais à Paulina et c'était comme si je lui donnais de l'eau du robinet passée sur le gaz… Vous voulez bien m'excuser ? Je monte un instant voir si elle se repose et je redescends tout de suite… Ah ! Et ensuite j'aimerais bien parler avec vous des capucines voyageuses. Vous m'y ferez penser.

Quand nous avons été seuls, Bergadans et moi, je lui ai expliqué l'affaire à grands traits. Il m'a écouté la bouche ouverte et, comme c'était un très brave homme, il a dit deux ou trois fois : « Les pauvres gens ! »

— S'ils ne peuvent pas partir avant le train de dix heures et demie, il faudra bien qu'ils dînent. Restez, vous aussi. Je peux vous faire des œufs au plat avec du jambon. Et tout sur mon compte.

Il s'est versé davantage de cognac. Je ne sais pas où il le mettait. Et tandis qu'il buvait, monsieur Andreu est redescendu.

— Elle dort comme une sainte. Il m'a regardé, très content et il a ajouté : Comme il entrait un peu de lumière de l'extérieur, sans allumer, j'ai pu voir les tournesols…

Il est allé la réveiller au bout d'une demi-heure et elle est descendue un peu ragaillardie. Elle a bu un bol de café au lait et au moment où elle le finissait elle s'est rendu compte qu'elle avait laissé son sac avec son tricot, et je suis allé le chercher. J'ai regardé les tournesols et je les ai trouvés encore plus beaux.

Me voyant descendre avec le sac à tricot, monsieur Andreu m'a dit :

— Monsieur Bergadans veut absolument qu'on reste pour le dîner. Vous resterez avec nous, n'est-ce pas ? Et je vous préviens, Paulina ne mangera rien : avec le café au lait, elle a largement dîné.

Je lui ai dit que si je ne les dérangeais pas…

— Pensez-vous ! Et permettez-moi de vous remercier pour toutes les attentions que vous avez eues envers nous. Si un jour vous venez à Barcelone…

Bergadans est sorti de la cuisine avec une assiette dans chaque main.

— Allez ! Le dîner est prêt. Il ne faut pas le laisser refroidir.

Devant une casserole, Bergadans n'a jamais brillé plus que ça, mais tout le monde sait faire un œuf au plat et le jambon était de qualité. Nous avons mangé tranquillement. Nous avions presque fini quand madame Paulina a demandé à son mari :

— Tu t'es enrhumé ?

Il s'est essuyé les lèvres avec sa serviette.

— Non. Pourquoi ?

— Parce que la première fois que tu es monté me voir, il m'a semblé t'entendre éternuer dans l'escalier.

— Tu ne dormais pas ?

— Non.

— Tu n'as pas dormi du tout ?

— Un petit peu, à la fin.

Bergadans n'a rien voulu nous faire payer. Je les ai accompagnés à la gare et je voulais acheter leurs billets, mais monsieur Andreu m'a pris par le bras et non, non, pas question. Quand le train a commencé à rouler, ils étaient penchés à la fenêtre et tant qu'on s'est vus ils m'ont fait adieu avec leur mouchoir.

Le lendemain, j'ai trouvé le papier avec les tournesols : les derniers rouleaux qui restaient. Matias m'a dit que j'en aurais assez, parce que ma salle à manger était petite. Qu'il était même sûr que j'en aurais en trop.

Tandis qu'il me les ficelait, il m'a cligné de l'œil :

— Elle se marie quand, Mariona ?

— Avec qui ?

— Avec le maçon.

Quelqu'un m'avait dit qu'au début de l'été Matias avait couru après Mariona, et comme j'ai eu l'impression que ce qu'il voulait, c'était me dire du mal d'elle, je l'ai coupé net.

— Si j'étais toi, je demanderais à sa mère.

Je lui ai payé le papier et je suis parti.

Dans la rue, j'ai dû me ranger sur le côté parce qu'une voiture arrivait. Quand elle parvient à ma hauteur, elle s'arrête et monsieur Bellom me dit :

— Où vous allez de si bon matin avec tout ce papier à tapisser ? Montez… sans façons.

Cela faisait un bon mois que je ne l'avais pas vu, parce qu'il s'était absenté pour ses affaires. J'ai été très content.

— Quoi de neuf par ici ?

— Pas grand-chose.

Je lui ai dit que le gazon qu'ils avaient semé dans son jardin commençait à pointer et que l'arrosage était un vrai déluge.

— J'ai vu. Ça fait au moins une heure que je regarde tout ça.

Quand nous sommes arrivés au tournant, il s'est mis à klaxonner comme s'il était devenu fou.

— Les enfants vont bientôt venir… D'un jour à l'autre. Et la maison, qu'est-ce que vous m'en dites ?

— Qu'elle est bien.

— Comment ça, elle est bien ? C'est la meilleure maison du monde ! Moi – et il a baissé la voix, parce que la plupart du temps monsieur Bellom ne parlait pas, il criait –, il me faut du moderne. Mettez-moi dans un musée et je ronfle au bout de cinq minutes. Ce n'est pas des choses à dire. Mais quand je vois ces chevaux, et ces généraux avec toutes ces capes, et ces dames tellement bien assises, et ces bambins avec leurs ailes… Je vous demande un peu, pour qui ils me prennent ? Qu'est-ce que vous en dites, vous ?

Il a arrêté la voiture devant la grille et il m'a demandé si je voulais entrer un moment dans son jardin. Je n'étais pas dans mon assiette, parce que j'avais passé une mauvaise nuit, et je lui ai dit que je ne pouvais pas, que j'avais du travail, que j'irais à un autre moment. Il a voulu voir le papier. Il m'a fait dénouer le paquet de rouleaux et il en a déroulé un.

— Bien vu ! Ce qu'il faut chercher, c'est un peu de gaieté. Vous ne voyez pas comment marche le monde ? Ils nous conduiront au cimetière, ça c'est sûr…

Après il m'a dit qu'il ferait bientôt l'inauguration de sa maison.

— Ça va péter des flammes ! Vous devez savoir que je viens de tout en bas, que je mangeais du pain avec des sardines séchées. Et ici, vous verrez des ambassadeurs d'Amérique du Sud, et tous ils me feront des courbettes, parce qu'ils savent que d'un simple coup de téléphone je peux les couler. Il ne me manque qu'une chose : ma femme. Vous ne pouvez pas savoir comme on s'aimait…

Sa voix s'est un peu voilée, mais je ne sais pas pourquoi j'ai eu l'impression qu'il faisait un peu de théâtre.

Dans le jardin de la nouvelle villa, il y avait une armée de jardiniers : c'étaient eux qui faisaient le jardin. Ensuite, c'est Josep, le barbier, qui s'en occuperait, avec son garçon, qui avait déjà dans les dix-neuf ans. C'est moi qui les avais recommandés. Le lendemain du jour où monsieur Bellom m'avait fait monter dans sa voiture, des camions ont commencé à défiler. Soixante cyprès. Ils les ont plantés face à la mer. En rang d'oignons. Pas un seul rosier. Des groupes d'arbustes sur les pelouses, des fleurs de saison plantées à la va comme je te pousse et autour de la maison, sur les treillis, des jasmins de Valence, à grosses fleurs. Tous les après-midi, je regardais ça depuis le mirador pendant un moment, je regardais comment ils faisaient le jardin. Trop pelé. Toutes ces étendues de terre rien qu'avec de l'herbe... Derrière les cyprès, ils ont laissé une bande de plus d'une centaine de mètres de long sur environ cinq mètres de profondeur. Autrement dit, longue comme du premier cyprès jusqu'au dernier. Une bande de terre couverte de fumier et de bonne terre, noire... Et un jour je l'ai trouvée plantée d'iris d'Allemagne, ceux dont les fleurs sont comme de la gaze, de toutes les couleurs... Je ne m'y attendais pas et j'ai été contrarié.

Quima m'a dit que cela faisait plusieurs jours qu'elle voulait venir me voir, qu'elle n'avait pas trouvé le moment de le faire, mais qu'elle voulait parler. Moi, j'étais abattu et je n'avais guère envie de faire la conversation.

— Une sacrée histoire, ces vieux qui sont venus l'autre jour. Qu'est-ce que vous pensez de tout ça ?

— Qu'est-ce que vous voulez que j'en pense ?

— À ce qu'il paraît, ils auraient dû être les beaux-parents de Madame.

— Qui vous l'a dit ?

— Ne faites pas l'innocent. Vous savez bien comment les nouvelles se répandent, dans cette maison.

— Vous avez très envie de bavarder... Et moi pas tellement...

— C'est que ces vieux... Ils ont passé l'après-midi avec vous... Vous avez bien dû parler de quelque chose. Et il paraît qu'ils sont restés toute la soirée à can Bergadans, jusqu'à l'heure du train.

— Ils sont venus rendre visite.

— Non. On raconte autre chose.

— Quoi donc ?

— Si vous ne dites rien, moi non plus. Je reviendrai un autre jour. Aujourd'hui, vous êtes grincheux.

— Il y a des moments où les histoires des autres...

J'allais dire « ne m'intéressent pas », mais j'ai pensé que dans le fond Quima était une brave femme et qu'il valait mieux ne pas la mener en bateau.

— Écoutez, si vous voulez on en parlera un autre jour. Mais ces deux vieux, comme vous dites, ce sont des gens qui ont beaucoup souffert. Ce n'est pas pareil que de parler de Miranda.

Elle est restée immobile un instant, comme si elle pensait à autre chose. Finalement, elle a dit :

— Très bien. Comme vous voudrez.

Et elle est partie, très fâchée.

Dans le jardin de monsieur Bellom, ils ont ajouté deux ou trois groupes de poivriers. Et des lauriers et des mimosas. Quand tout a été fini, ils ont apporté les meubles de la maison. Un matin, j'ai vu monsieur Bellom qui courait en traversant les pelouses et en esquivant les arroseurs, un papier bleu à la main.

— Regardez, ils sont là. Un télégramme de Barcelone. Ils arrivent demain !

Et il est descendu pour le dire à ceux qui étaient à la plage. Le soir, il les a tous invités chez lui et apparemment ils ont beaucoup ri. Il leur a montré les peintures qu'il avait achetées et qui, à l'entendre, lui avaient coûté les yeux de la tête. Elles étaient d'un certain Miró, de Tarragone, qui peignait comme un enfant. À ce qu'on disait, il les avait faites à Majorque et elles étaient trop petites. Monsieur Bellom était allé le voir et lui avait demandé de les refaire aux dimensions qui lui convenaient. Et à l'huile. D'abord, il l'avait trouvé récalcitrant, muet. Mais ensuite, patiemment, il avait réussi à le faire plier. Il paraît que c'était un truc de fou et monsieur Bellom en riait aux larmes. Résultat, ils sont allés se coucher à trois heures du matin. Je les ai entendus sauter par-dessus les buis et parler dans l'allée de tilleuls. Je me suis levé tôt pour regarder les lauriers, qui commençaient à reprendre de la vigueur, débarrassés des pucerons. Pris par mon travail, je n'ai pas vu passer la matinée et j'ai rempli deux bons cabas de roses sèches et de feuilles jaunies. Vers l'heure du déjeuner, monsieur Francesc est apparu et il m'a dit que dans moins d'une semaine on viendrait me refaire la maison de verre. On lui avait promis qu'elle serait finie à l'automne, pour que je puisse y mettre les plantes. Je lui ai dit de ne pas trop s'y fier, parce que les promesses ne coûtent rien. Il a fait semblant de rire et, avant de s'en aller, il m'a demandé si j'avais vu les jeunes gens de chez Bellom.

— Non, je lui ai dit. S'ils sont arrivés, c'est sans que je m'en aperçoive. J'ai passé la matinée occupé avec les rosiers.

— Il a dit qu'ils arriveraient à neuf heures.

— Peut-être qu'ils sont fatigués et qu'ils dorment…

— Peut-être.

Une fois qu'il a été parti, je suis allé préparer mon déjeuner. Ce jour-là, il ne s'est rien passé d'autre. Juste une chose. Miranda s'est baignée. Et la nuit, le balcon de Madame est resté désert. Et le rossignol, comme s'il était mort. Un grand calme… J'ai pensé que si monsieur Sebastià avait été vivant et qu'il était venu, on aurait peut-être trouvé le moyen de s'amuser avec les iris d'Allemagne.

À sept heures du matin, j'ai entendu des cris. La jeune Bellom chevauchait sur l'herbe et son père s'égosillait et le gendre était à la piscine. De loin, il m'a fait l'effet d'un jeune homme très mince, un peu comme monsieur Sebastià. Monsieur Bellom portait un pantalon court couleur mandarine et une veste à ramages, comme s'il était devenu fou. La jeune fille est descendue de cheval et l'a laissé tout piétiner et Guy a dû aller le chercher. Et elle, qui était en maillot de bain, elle est montée sur le plongeoir et elle a plongé comme une hirondelle. Elle a sorti la tête de l'eau et a appelé Guy et lui a dit de ne pas rentrer les chevaux, qu'ils sortiraient après s'être baignés. Et on voyait beaucoup de jeunesse. D'un seul coup, ils ont disparu et ils sont revenus habillés pour monter. Elle avait une silhouette très fine.

Et dès qu'ils ont été partis, mademoiselle Eulàlia et Feliu sont arrivés ; ils avaient été les premiers levés dans la maison. Je leur ai parlé des mouvements que j'avais vus chez les voisins.

— Le jeune homme a l'air sympathique et la demoiselle monte sans selle.

— Comme les Indiens, a dit mademoiselle Eulàlia avec un regard mauvais.

— Peut-être que maintenant on va s'amuser davantage, a grogné Feliu.

Cela faisait longtemps qu'il s'ennuyait, ça se voyait comme le nez au milieu de la figure.

Mademoiselle Eulàlia a dit en riant que c'était le meilleur été qu'elle avait passé à la maison. Et nous étions là à tuer le temps quand monsieur Bellom est apparu, avec son short mandarine, mais au lieu de la veste à ramages il portait une chemise à carreaux et une casquette à visière. Il s'est approché en faisant des bonds pour éviter les arroseurs, qu'ils laissaient en marche jour et nuit.

— Attention, vous allez vous mouiller… lui a dit mademoiselle Eulàlia.

— Ça rafraîchit ! Et avec ce soleil, ça sèche tout de suite. Que font les artistes ? Vous avez vu les enfants ? Au fait, vous – il voulait parler de Feliu –, vous n'êtes pas venu voir les tableaux. Où étiez-vous donc ? Faites-moi le plaisir de venir tout de suite.

Et ils sont partis tous les trois vers la maison. Quand ils ont été à l'intérieur, Monsieur et Madame sont arrivés, avec mademoiselle Maragda, qui avait un air très endormi.

— Monsieur Bellom a emmené les artistes voir les peintures.

— Vous avez vu la fille et le gendre, vous ? m'a demandé mademoiselle Maragda. Je ne sais pas quelle heure il pouvait être quand les cris m'ont réveillée.

— Elle est comment, la fille ? a demandé monsieur Francesc.

— Écoutez, ai-je dit en riant, je n'y connais pas grand-chose, mais j'ai trouvé que c'était une bien belle jeune fille.

— Alors monsieur Bellom ne nous racontait pas d'histoires…

Par terre, dans un coin, j'ai vu quelque chose qui brillait. C'était une aiguille à tricoter que madame Paulina avait sans doute fait tomber. Je l'ai ramassée et je l'ai emportée chez moi, où je l'ai rangée dans un tiroir de la cuisine. Ensuite je suis allé faire un tour à la maison de verre, pour enlever le peu de choses qui s'y trouvaient, des choses dont je ne savais que faire. J'ai tout débarrassé, pour que ce soit fait au moment où les ouvriers viendraient. Et là-dessus j'ai entendu qu'on parlait beaucoup sur le mirador. Je suis allé de ce côté sans trop m'approcher et en faisant mine de m'occuper des plantes. Il y avait monsieur Bellom et les jeunes gens. Feliu, mademoiselle Eulàlia, mademoiselle Maragda, Monsieur et Madame. Toute la bande.

Nous avons eu quelques jours de calme. On est venu pour refaire la maison de verre et entre l'occupation de traînasser et un peu de travail pour ramasser des fleurs fanées et bavarder avec les ouvriers, je passais très bien le temps. Ils n'ont pas mis trois semaines à tout finir. Avant que je puisse m'en rendre compte, ils étaient déjà en train de mettre les vitres du toit. Alors, il y a eu un dîner de bienvenue pour les jeunes gens de chez monsieur Bellom. Un dîner très chic. Les filles allaient et venaient de la cuisine, très bien habillées, et deux extras servaient le vin. Quand ils ne servaient pas, ils restaient debout comme des piquets derrière la table.

On avait enterré le mois d'août et personne ne parlait de partir. Les jours passaient, l'un après l'autre, et septembre avançait, doux comme le raisin. Josep s'était installé chez monsieur Bellom, avec sa femme et son fils. Il est venu me remercier de l'avoir recommandé et il m'a dit qu'il ne l'aurait pas cru, mais qu'il y avait plus de travail dans ce jardin pelé que dans un jardin avec des arbres, comme le mien.

— Et les iris d'Allemagne ?

— Je tremble rien qu'à l'idée qu'il va falloir les replanter.

— Et le travail de les arracher, hein ?

— Pour les ranger et les ressortir, je vais avoir besoin d'un camion.

— À votre place, une année, je ne les replanterais pas.

— Eh bien… Vous voyez… Le premier jour, monsieur Bellom m'a dit : « Écoutez, je vous confie un jardin qui est déjà fait. Votre devoir, c'est de le conserver tel que vous l'avez trouvé. » Allez le contredire…

— Il y a différentes façons de faire les choses… Diminuez la bande.

— Qu'est-ce que vous voulez dire ?

— Exactement ça. La bande de terre, réduisez-la.

Monsieur Bellom est sorti et, dès qu'il nous a vus, il est venu en sautant entre les arroseurs, qui maintenant ne marchaient que pendant la journée.

— Je vois que vous êtes amis… Ça me plaît. Vous, Josep vous apprécie beaucoup. Échangez des graines.

— Vous n'aviez pas dit que vous vouliez que tout reste comme c'était ?

— Il ne faut pas tout prendre au pied de la lettre. Ces iris, par exemple… Je crois que ces trucs, ça se multiplie… J'ai dit à Josep que j'allais acheter un livre où il y a toutes les variétés d'iris d'Allemagne. C'est le roi des iris.

— Le roi des iris, ou des lys, c'est le lys de Saint-Antoine. Ensuite il y a l'iris tigré et le lys couronne impériale.

— Excusez-moi, je ne m'y connais pas autant que vous en fleurs. Le lys de Saint-Antoine, c'est un très beau lys, nous sommes d'accord. Mais l'iris d'Allemagne a une longue floraison, tandis que le lys de Saint-Antoine…

— Oubliez les longues floraisons…

— Bien sûr, est intervenu Josep, qui avait dû se rendre compte que j'étais sur le point de me fâcher, vous vous y connaissez beaucoup en fleurs… Il est comment, le lys couronne impériale ?

— Avec le temps, vous l'apprendrez.

Monsieur Bellom a ri et est reparti comme si de rien n'était. Sous le soleil, l'herbe avait la même couleur que la poire du collier de madame Rosamaria. J'ai pensé que l'année suivante je remplirais le jardin de glaïeuls. Même si ça ne leur plaisait pas.

Quima n'est revenue me voir que le dimanche après-midi. Elle est arrivée avec un air contrit et une brioche qu'on mangerait pour le goûter, m'a-t-elle dit.

— Je suppose que vous êtes au courant.

— Je ne sais rien.

— Vous ne savez rien ?

— Non.

— Alors vous ne savez pas que le gendre de Bellom et Madame…

— Je ne vous ai pas dit que je ne sais rien ?

— Avant de commencer, faites du café, parce que je n'en ai pas pris après le déjeuner. Ils ont tout bu et j'ai eu la flemme d'en refaire pour moi toute seule.

J'ai allumé le petit réchaud à esprit-de-vin. Quand Cecília est morte, j'ai fait couper le gaz, parce que j'avais peur de mourir asphyxié par distraction, si j'oubliais un jour de fermer le compteur avant de me coucher. En hiver, j'allumais la cuisinière.

Je lui ai versé du café et je m'en suis versé. Par la fenêtre, je voyais les géraniums d'un pot et la pointe de quelques cyprès.

— Vous savez qui est le gendre de monsieur Bellom ?

— Le mari de la fille de monsieur Bellom.

— Vous avez vraiment envie de vous amuser…

Elle a posé sa tasse sur la table, elle a lissé la toile cirée avec la main et elle a dit, en guettant la tête que je faisais :

— C'est le fils de ces vieux qui sont venus.

Si on m'avait piqué, on ne m'aurait pas tiré une goutte de sang. Mais je ne l'ai pas crue. Je n'avais pas envie de la croire.

— C'est le fils de ces vieux… Dites quelque chose. Vous êtes devenu muet ?

— Je n'y crois pas.

— Eh bien si, monsieur. Il s'appelle Eugeni. Et il avait été fiancé avec Madame. C'est comme un film.

— Et qu'est-ce qu'ils disent, à la maison ?

— Ils ne disent rien et ça, ça n'était jamais arrivé. Je suis sûre que Miranda a pêché plus d'une information, mais elle ne lâche rien. Moi, la première chose que j'ai sue, c'est par Mariona. Si vous aviez vu le dîner qu'ils ont fait pour fêter l'arrivée du jeune couple ! Madame a mis sa plus belle robe. Mais l'autre… Maribel, elle s'appelle Maribel, elle portait une robe à paillettes, noire et moulante, et les cheveux dénoués, comme une pluie. Et un solitaire gros comme une soucoupe, essaie de faire mieux. Monsieur a passé le dîner aussi raide qu'une asperge… Qu'est-ce que vous savez, sur les vieux ? Peut-être qu'ils voulaient prévenir Monsieur et Madame de quelque chose… Allez, dites.

J'ai changé de conversation, parce que j'ai pensé qu'il était inutile d'en rajouter.

— Vous ne trouvez pas étrange qu'on soit en septembre et qu'ils ne parlent toujours pas de rentrer à Barcelone ?

— S'ils ne sont pas partis, c'est qu'ils se trouvent bien ici.

— Évidemment…

Elle est restée jusqu'à sept heures. Trois heures à parler de la même chose. Une fois qu'elle est partie, je me suis mis à réfléchir, sans arriver à aucune conclusion.

Avec Toni, depuis quelque temps, nous avions l'habitude de nous voir de temps en temps, le soir. Soit il venait chez moi soit je montais à son appartement. Les soirs où on ne se voyait pas, je ne sais pas où il disparaissait, mais il rentrait toujours très tard.

Le jour où Quima est venue, il est apparu chez moi, mais il n'a pas voulu s'asseoir parce que, à ce qu'il disait, il était pris ailleurs. Il était au courant de tout.

— Je suis seulement venu vous dire qu'il se prépare un sacré merdier. C'était trop calme. Maintenant, ils ne bougent pas, parce qu'ils étudient, comme la guenon, par quel côté ils vont prendre les choses. Souvenez-vous du jour où je vous l'ai dit : il va y avoir du vilain.

Après son départ, je suis allé sur l'allée de tilleuls pour voir si, en marchant, je pouvais tirer quelque chose au clair. Je suis tombé sur Feliu, qui était seul.

— Qu'est-ce qui se passe ? lui ai-je demandé.

— Pas d'affolement…

— C'est que j'ai parlé avec les vieux…

— Ceux qui se préoccupent pour les gens de cette maison perdent leur temps. Cela dit, entre nous, pour une bombe c'est une bombe.

Il savait que Madame et Eugeni avaient été plus ou moins fiancés, et il le savait par mademoiselle Maragda, qui les connaissait tous de l'époque du carrer Ríos Rosas. Il savait qu'ils s'étaient fréquentés, qu'ils se connaissaient depuis qu'ils étaient petits, que le jour du mariage Eugeni était allé voir madame Rosamaria et qu'il lui avait dit qu'il reviendrait, et tout et tout.

— Et elle, elle a pris ça comment ?

— Elle ? Cela faisait plusieurs jours qu'elle le savait.

— Qu'Eugeni était le mari de la fille de monsieur Bellom ?

— Oui. Par un portrait que monsieur Bellom lui a montré. C'est Eulàlia qui me l'a raconté. Elle, Rosamaria, elle l'a reconnu tout de suite. À première vue, c'est un peu un sac de nœuds. Apparemment, monsieur Bellom a fait une gaffe, parce qu'Eugeni lui avait dit que les Bohigues et lui, ils avaient été très amis. Et Eugeni avait demandé à son beau-père de ne rien dire, parce qu'il voulait faire une surprise à Rosamaria. Cela dit, entre nous, Eugeni mérite des félicitations. Il paraît qu'il est arrivé à Cuba aussi pauvre qu'un mendiant à la porte d'une église. Et qu'il en a vu de toutes les couleurs jusqu'au moment où il s'est retrouvé dans une plantation de monsieur Bellom. Il a commencé en coupant la canne à sucre. Ou plutôt, en la faisant couper.

— Je trouve qu'il a un certain mérite.

— De s'être marié avec une jeune fille riche ?

— Non. Je veux dire...

— Comme dit Maragda, tout a fini pour le mieux. Ils se sont bien casés, l'un comme l'autre.

L'inauguration de la maison a eu lieu le jour de Notre-Dame de la Merci. Il faisait un temps qui était un don de Dieu et l'air brillait. L'agitation et l'allégresse ont commencé au milieu de la matinée sur la plage et à la piscine : l'eau douce pour les uns, l'eau salée pour les autres. Certains parlaient castillan et il y avait même quelques Anglais. Et un Japonais et une Japonaise, qui étaient habillés comme les autres, sans rien de particulier, je veux dire. Ceux qui se jetaient depuis le plongeoir avaient l'air de sauterelles. À l'heure du déjeuner, il y a eu un grand mouvement de voitures vers les villages des environs, pour manger du riz marinière. Ils sont revenus au milieu de l'après-midi, et à nouveau navigation et piscine. Et tous les arroseurs étaient en action.

Pour le dîner, ils se sont habillés. Il est venu deux

orchestres et tout le monde dansait. Beaucoup de joie, beaucoup de cris, beaucoup de lampions de couleurs. Dès qu'il a fait nuit noire, je me suis planté contre les buis, tâchant de ne rien perdre. On a servi le dîner sur une quantité de petites tables couvertes de bouquets de fleurs étranges dont je ne pouvais voir, de loin, si elles étaient véritables ou pas. La piscine était éclairée de l'intérieur et moi, des piscines éclairées de l'intérieur, je n'en avais jamais vu. Madame Rosamaria était assise à côté de monsieur Bellom et monsieur Francesc à une autre table, à côté de Maribel. Eugeni était avec un monsieur qui avait une grande barbe blonde. Beaucoup de mouvements m'échappaient, surtout avec les allées et venues de ceux qui servaient. Je me suis assis sur le muret, entre deux pots de fleurs, parce que cela promettait d'être long, me tournant un peu sur le côté. Comme quand j'arrive tard à l'Excelsior et qu'on me donne le siège qui est derrière une colonne. Quand le bal a commencé, c'était très beau. Ils tournaient tous autour de la piscine éclairée de l'intérieur. Ensuite on a enlevé les tables, ne laissant qu'une longue table pour les boissons, et les Japonais ont fait un numéro de salon, je veux dire un numéro dansant, et tout le monde a fait cercle autour d'eux et moi je me suis retrouvé comme la lune.

À une heure, ils ont tiré le feu d'artifice. Comparé à celui qu'avaient donné Monsieur et Madame et qui m'avait semblé tellement somptueux… C'était comme si tout venait d'un monde qui n'était pas la Terre, et ça sifflait et ça sifflait, et des fontaines au-dessus des branches et des étoiles de toutes les couleurs et une pluie d'or… Shhh ! Shhh ! Shhh ! Ça claquait de partout. La nuit noir de charbon et les fusées qui la rendaient brillante et des fleurs en mille morceaux et des mines de diamants volant dans les airs. L'Eldorado. Et l'herbe buvait tout. Elle recueillait tout.

Une fois la plaisanterie terminée, la paix de la nuit est revenue et la musique et les couples qui tournaient, et pour ma part, j'en ai eu assez et vite au lit.

Le lendemain, au milieu de l'après-midi, monsieur Francesc est venu me voir et m'a dit qu'il venait me demander un service. Le jardin de monsieur Bellom avait beaucoup souffert et ils avaient besoin de mains pour le remettre en ordre, et si je voulais bien… Toni m'avait déjà raconté que la fête avait duré jusqu'à six heures du matin, qu'en dansant deux couples étaient tombés dans la piscine, que les invités étaient partis très contents et que certains d'entre eux étaient restés dormir à can Bergadans. Ce que je devais faire, comme toujours, c'était réparer ce qu'une bande d'oisifs avait abîmé.

J'y suis allé aussitôt et c'est le premier jour que j'ai vu Eugeni de près. Grand et maigre, le ventre plat, les jambes très longues, un peu voûté, comme s'il se courbait, gêné d'être si grand. Il ne manquait pas grand-chose à Maribel pour être aussi grande que lui. Je me suis approché, je leur ai souhaité le bonjour et je me suis présenté. Il a été aimable. Mais elle… Aujourd'hui encore j'attends d'entendre le son de sa voix. Ils se sont jetés dans la piscine presque sans me laisser le temps de finir ma phrase. Ils nageaient comme des grenouilles, et elle avait les cheveux lâchés et ils flottaient dans l'eau comme des herbes de la mer. Je me suis éloigné lentement et je suis allé chercher Josep pour commencer à évaluer le travail. Il y avait des plantes couchées et il n'y avait pas besoin d'être du métier pour voir que certaines ne se relèveraient jamais. Un bon moment plus tard, monsieur Bellom est arrivé.

— Il y a beaucoup de pertes ?

— Comme vous voyez… J'ai dit à Josep ce qu'il peut faire pour que certaines plantes reprennent vie.

— Vous ne pensez pas qu'il vaudrait mieux les changer ?

— On verra bien. Pour le moment, toutes celles que je peux, je les récupère.

Il m'a semblé qu'il ne m'écoutait pas. Il faisait une tête de déterré.

— Une belle fête, non ?

— Moi, je regardais depuis là-bas…

Et j'ai montré les buis.

— Et pourquoi vous n'êtes pas venu ?

— Vous avez de ces idées, parfois…

— Des idées ? Qu'est-ce que vous voulez dire ? Bergadans serait venu, s'il n'avait pas eu de travail au café.

— Bergadans peut-être bien… Mais moi, personne ne m'a invité.

— Vous avez absolument raison… Vous devez penser que je suis un idiot. – Il m'a tourné le dos – Excusez-moi. Je n'y ai pas pensé. Mais vous auriez pu venir ! Vous n'aviez qu'un pas à faire… Je vous estime beaucoup, moi. Beaucoup.

Nous avons passé trois jours dans le jardin ; Josep, moi et deux autres que je dirigeais. On a peut-être traîné un peu. Avant de m'en aller, j'ai dit à monsieur Bellom d'agrandir le morceau de chemin autour de la piscine, où il y avait eu le plus de dégâts Et au bout de quelque temps, il l'a fait. Quand on a raison, on n'a pas tort.

Quima ne me laissait pas tranquille.

— Qu'est-ce qu'ils attendent pour partir ? Avec tout

le linge que j'ai à repriser, et je ne peux rien faire pendant l'été…

— Pourquoi vous ne leur demandez pas ?

— Je n'ose pas.

Pour essayer de lui redonner de l'entrain, je lui ai dit :

— Ils dorment encore séparément ?

Elle m'a jeté un mauvais regard. Elle pensait que j'étais au courant de tout, et elle ne me le pardonnait pas.

— Aujourd'hui, c'est moi qui n'ai pas envie d'en parler.

Personne ne disait rien. Personne ne savait rien. Ils menaient la même vie que d'habitude, mais ils allaient moins à la mer. Certains jours, le vent devenait un peu orageux. Ils ont fait venir un jeu de balle sur table et quand il pleuvait ils passaient l'après-midi enfermés, à jouer. Parfois, le matin, ils sortaient avec les chevaux. Toni venait me voir plus souvent ; Bergadans m'avait raconté que son histoire avec la fille du village avait mal fini. Il lui arrivait de sentir le vin. Et il était toujours de mauvaise humeur.

— Ils me crèvent les chevaux. Ils passent des jours entiers sans sortir, et quand ils sortent ils font les fous et ils les éreintent.

— Et pourquoi vous me racontez ça, à moi ? Dites-leur quelque chose. Qu'est-ce que vous voulez que j'y fasse ?

— Si je ne peux pas me défouler avec vous…

Les ombres des arbres s'allongeaient et devenaient tristes. Les après-midi perdaient leurs couleurs. Moi, ça me plaisait peut-être bien, qu'ils ne partent pas. Sans les voir beaucoup, parce que s'ils n'allaient pas à la mer ils venaient peu du côté de ma maisonnette, ça me faisait de la compagnie de penser qu'ils n'étaient pas loin. Cela dit, s'ils n'avaient pas été là, ça m'aurait aussi convenu. Je suis facile à contenter. Tout me va.

Un des derniers jours, monsieur Francesc est venu voir la maison de verre et m'a demandé ce que j'en pensais. Je lui ai dit que j'étais content, que c'était du très bon travail, que ça convenait parfaitement aux besoins des plantes. Et que pour moi c'était beaucoup moins fatigant de tourner une manette que d'aller chercher du bois.

— C'est que je me fais vieux…

— Vieux ? Vous avez de la santé à revendre. Vous nous enterrerez tous autant que nous sommes.

— Vous avez envie de plaisanter…

Mais ça m'a plu, qu'il dise ça. Il y a des choses qu'on aime bien qu'on vous dise. Il a dit ça pour rire, bien sûr, mais c'était très affectueux. Peu importe ce qu'il était, qu'il boive pas mal, qu'il flemmarde, la vérité c'est qu'avec moi, il s'est toujours très bien comporté.

J'étais en train de déjeuner et par la fenêtre j'ai vu quelqu'un sauter par-dessus les buis. À cette heure, ça m'a étonné. Quand j'ai vu que c'était Josep, j'ai fermé d'un coup la porte de ma chambre, j'ai donné un tour de clef et je l'ai mise dans ma poche. Je ne voulais pas qu'il farfouille dans mes graines. Il m'a demandé s'il pouvait remplir un petit sac de tilleul. Et il a ajouté que, si je voulais, il allait lui-même en ramasser par terre. Je lui ai répondu que je lui en donnerais, mais que je le cueillerais moi-même. Que monsieur Francesc ne serait peut-être pas content que ce soit lui qui le prenne. Et on est restés là-dessus. C'est moi qui le cueillerais. Une faveur, oui ; mais laisser n'importe qui en prendre à son aise, non. Parce que cette fois il m'aurait demandé la permission, mais l'année suivante il aurait pris le tilleul comme s'il était chez lui. C'est pareil qu'avec les vers à soie. Pendant quelques mois… Qu'est-ce que je dis, deux ou trois années de suite, l'aîné des Boix venait contre la grille.

— Donnez-moi des feuilles pour les vers.

Ensuite, tous les gars du village ont commencé à élever des vers à soie ; comme une épidémie. Et ils venaient mendier à la grille.

— Donnez-nous des feuilles de mûrier pour les vers.

Et moi : Tenez, tenez.

Jusqu'au moment où ils se sont mis à sauter la barrière et à donner des coups de canne dans les branches et j'ai dû les chasser à coups de bâton. Ainsi va le monde. Faites une faveur et vous finirez tondu.

Grâce à Dieu, Mariona est venue me voir. J'étais en train de laver mon assiette. Je venais juste de finir de déjeuner.

— Mais tu ne sers pas à table ?

— Avec Miranda, ça suffit. Monsieur n'est pas là. Et mademoiselle Maragda est partie hier parce que pour elle la saison commence et elle doit s'occuper de son atelier. Cela faisait des jours qu'on ne se voyait pas, vous et moi…

— À qui la faute, d'après toi ?

— C'est ma faute, vous avez raison. J'ai beaucoup de travail.

— Tu te maries quand ?

— Ce n'est pas pour tout de suite.

— Et il est où, en ce moment ?

— Il construit une maison à Sant Gervasi. Carrer d'Elisa, il m'a dit.

— Espérons qu'il ne rencontre pas une autre Mariona et qu'il ne te laisse pas en plan.

— Voyez-vous ça !

— Il me semble que tu es un peu trop confiante.

— Il m'écrit de ces lettres !

— C'est ça, fie-toi aux lettres. Et Matias ?

— Quel Matias ?

— Que je sache, il n'y en a qu'un au village.

— On se fiche de moi…

— Lui ?

— Non, vous.

— Si tu savais comme j'en ai envie… Et dans la maison, qu'est-ce qu'ils font ?

— Je ne sais rien… Il règne un calme qui semble trompeur.

— C'est étrange, en effet.

— J'aime davantage…

— Qui, moi ?

— Vous êtes toujours en train de blaguer… Je veux dire le jeune monsieur de la villa d'à côté. Vous saviez qu'ils avaient été fiancés, avec Madame, avant que Madame se marie avec monsieur Francesc ?

— Oui, quelle histoire… Et qu'ils aient fini par échouer ici…

— Pensez-vous ! Ce n'est pas un hasard. Ils sont venus pour être près de Monsieur et Madame. Monsieur Bellom voulait se faire construire une villa sur la côte et il a demandé à monsieur Eugeni, qui fréquentait Maribel, quel endroit lui paraissait le meilleur. Et c'est Eugeni qui a choisi. Il a dit à Maribel qu'avec madame Rosamaria ils étaient comme frère et sœur. Et les voici tous en bonne compagnie. Il paraît qu'il y avait près de cinq ans qu'ils ne s'étaient pas vus, avec Madame. Ils seraient comme des frères de lait.

— Tu ne disais pas que tu ne savais rien ?

— Je pensais que Quima vous avait déjà raconté.

Tout ça, ça a été une grande surprise. Vous avez vu mademoiselle Maribel ?

— Et ils ont été surpris, tu dis ?

— Oui et non. Il se trouve que monsieur Bellom, un jour, comme une andouille, a montré la photo du jeune couple à Madame. Elle n'a rien dit, parce qu'elle est comme ça...

— Pourvu que tout aille bien.

— C'est ça.

— Et quand partez-vous ? C'est toi qui les fais rester si longtemps ?

— Pensez-vous. C'est eux qui traînent.

Avant qu'elle s'en aille, je lui ai demandé si elle connaissait bien son catéchisme.

— Pourquoi ?

— Pour te marier, pardieu. Tu ne sais pas qu'on va t'interroger ?

— Ce n'est pas gagné.

— Il ne faudrait pas qu'on te mette un bonnet d'âne le jour de ton mariage.

Elle est partie en riant et elle riait tellement qu'elle ne m'a même pas dit au revoir.

Ils sont partis aux premiers jours d'octobre, sous la pluie. Je les ai aidés à mettre leurs valises au cul de la voiture et sur le porte-bagages. Feliu a enregistré ses tableaux, mais mademoiselle Eulàlia les a gardés avec elle, parce qu'ils étaient petits. Et au moment de partir, ils ont tous dit : « À l'année prochaine. »

Ils ne me dérangeaient pas et j'aimais bien qu'ils soient là, mais dès qu'ils ont été partis je me suis retiré dans ma maisonnette et je me suis étendu sur mon lit, parce que j'étais très fatigué. Quand je me suis levé, je suis allé baguenauder dans le jardin jusqu'à la tombée de la nuit. Il y avait des lumières allumées dans la maison de monsieur Bellom et la pluie avait fait tomber beaucoup de fleurs de tilleul. Je suis rentré chez moi et j'ai un peu trifouillé dans les semences et dans les paniers d'oignons.

Le lendemain, Quima m'a apporté les clefs et m'a dit que tout était en ordre, les compteurs de gaz et d'électricité éteints ; elle est restée à peine cinq minutes, par politesse. Avant de fermer la porte, elle a dit :

— Ils sont allés mûrir.

— Eux ?

— Oui. Ils vont digérer tout ce qu'ils ont dû avaler de force et l'été prochain ils réapparaîtront bien armés.

— Vous avez parlé avec Toni ?

— Avec Toni ? Pourquoi ?

Et, sans attendre que je lui réponde, elle m'a dit « Ne vous cassez pas la tête », et elle est partie.

J'étais vraiment fatigué. J'ai déjeuné tranquillement et ensuite j'ai fait une bonne sieste. La pluie frappait le toit et gouttait sur l'appui de la fenêtre : ploc, ploc, ploc. Je me suis endormi comme un bienheureux.

Quand je me suis réveillé, il y avait un petit soleil pâle. Le jardin, tout couvert de feuilles que la pluie avait fait tomber, commençait à mourir. J'ai vu Guy qui brossait les chevaux de monsieur Bellom. Au bout d'un moment, derrière Guy et les chevaux, monsieur Bellom est apparu. Il m'a salué en levant la main et ensuite il est venu vers moi et je me suis approché des buis. Nous sommes arrivés en même temps.

— Ils sont rentrés à Barcelone, ai-je dit.

— Ils sont venus me le dire. Et vous ? Vous restez seul tout l'hiver ?

— Comme toujours. Avec eux, on sait à quoi s'en tenir. Ils ne sont pas comme madame Pepa, qui vivait ici toute l'année ; ni comme monsieur Rovira, qui s'est enfermé ici, lui aussi, dès qu'il s'est senti vieillir.

— Et vous n'êtes pas triste ?

— Je commence à m'habituer. Et je suis un homme d'habitudes, moi. En hiver, je fais comme les plantes… Je reste tranquille.

Il m'a dit qu'eux ils ne bougeaient pas. Que la maison leur plaisait beaucoup à tous les trois. Et l'endroit. Et la mer en face.

— Nous avons décidé de rester, et moi, tant que les jeunes sont contents… J'ai eu tellement de tout que ça ne me fait pas de mal de passer un hiver à l'écart.

Alors, les jeunes gens sont sortis habillés pour monter à cheval et Eugeni est venu là où nous étions et il m'a serré la main.

Un matin, vers les onze heures, j'étais dehors, près de la maison de verre, à égrener des giroflées. J'entends des pas et je me retourne : c'était Eugeni. Il m'a dit bonjour, s'est accroupi devant moi pour regarder ce que je faisais.

— Vous réservez des graines ?

— Comment vous le savez, que je veux réserver des graines ?

— Parce que je le vois.

— Tout ce que je fais, c'est peut-être pour le jeter après.

— Non. Vous réservez des graines. Moi aussi, quand j'étais petit, j'ai égrené des giroflées pour réserver des graines. Mais pas une montagne, comme vous… Vous voulez que je vous aide ?

Bien qu'il soit grand et mince, il ressemblait un peu à sa mère, qui était petite et plutôt ronde. Il s'est mis à égrener des giroflées avec moi. Tout à coup, j'ai vu sa mère en train de tricoter, devant mes yeux. Il ne lui manquait que le truc qu'elle faisait avec le nez. Et pendant un instant j'ai cessé de respirer, involontairement, parce que j'étais sûr qu'il allait le faire.

Il est parti à midi. Le lendemain, il est revenu avec une petite bouteille de gomme et du papier blanc et il a fait des sortes de paquets, comme de grosses enveloppes. Il les collait avec la gomme et, quand ils étaient secs, avec un très joli stylo couleur café au lait, il écrivait dessus « giroflées » ; ensuite, il mettait la couleur : « blanches », « roses », « violettes », « carmin ». C'était mieux que les cornets. Quand il a eu fini, il est parti et il est revenu avec trois gros cartons à vêtements, deux gris et un rouge. En mettant les paquets dedans, il m'a dit :

— Vous voyez ? Comme ça elles sont bien rangées.

Ensuite, il m'a demandé ce que je faisais pour déjeuner.

— Du riz au bouillon et de l'omelette à la boutifarre.

— Noire ?

— Oui. Et très bonne. Ici, au village, ils la préparent très bien. Quand il y aura beaucoup de pinins, je ferai des pinins avec de la boutifarre crue, le tout sur la braise. Là dehors. J'ai un grill et je ferai le feu par terre.

Il restait debout, la petite bouteille de gomme à la main, comme s'il lui coûtait de partir. Finalement, il a commencé à marcher en direction des buis et, arrivé à une certaine distance, il m'a dit :

— Un jour, je vous demanderai de m'inviter.

Il a recommencé à pleuvoir de façon continue. Je n'avais pas une demi-heure de répit. J'ai rangé la maison et j'ai déplacé quelques paquets de graines. Il y en avait qui étaient sous mon lit alors qu'elles auraient dû être sur la table. J'ai aussi rangé les tiroirs, qui en avaient bien besoin. Un jour, j'ai passé un chiffon humide sur les miroirs, qui étaient ternis, avec quelques chiures de mouches. Celui qui est à côté des étagères, il n'y avait pas moyen de le rendre propre. Je l'ai décroché et alors que je le frottais, à plat sur la table, j'ai entendu « crac » et il s'est fendu. J'étais en train de regarder la fissure quand on a frappé. C'était Eugeni.

— Je suis venu vous voir un moment. Et je vous apporte une bouteille de cognac.

— Ce n'est pas que j'aime beaucoup ça.

— Buvez-en quand il fera bien froid.

— Je bois un peu de rhum quand je suis enrhumé. Et encore, avec de l'eau chaude et du citron.

— Eh bien, gardez-le pour quand je viendrai vous voir.

Il s'est assis et ses genoux étaient tellement hauts qu'ils touchaient le bord de la table. Ses mains aussi étaient très maigres, avec de longs doigts osseux. Elles ressemblaient à un outil. Il m'a dit, très tranquillement :

— Vous savez ce que j'ai fait, tous ces jours où il a plu ? Je me suis promené dans votre jardin.

Je regardais par-dessus son épaule, au-delà de la fenêtre, la rambarde du mirador et les géraniums ; j'ai pensé que je devrais rentrer les pots avant le début des gelées. Lui, pendant ce temps, il a débouché la bouteille, il est allé à la cuisine chercher deux verres et a versé du cognac dans les deux. Il a bu le premier verre d'un trait et l'autre de même.

— À votre santé.

Il a pris l'habitude de venir tous les jours, à une heure ou l'autre. Il s'est collé à moi comme un arapède. Un jour, après être resté un moment sans rien dire, il m'a demandé :

— On est amis ?

— Si vous voulez…

— On est amis.

Il a joint les mains, il se les est frottées l'une contre l'autre à plusieurs reprises et il est parti.

Une semaine après cette histoire d'amitié, il m'a fait cadeau d'un pull-over bordeaux. Il m'a dit qu'il le trouvait trop chaud et il a voulu que je le mette devant lui, pour voir s'il m'allait bien. Il était un peu long, mais sinon il m'allait à merveille.

Quand je taillais des arbres, il me tenait l'échelle et il m'aidait à transporter le bois derrière la maisonnette. Il m'aidait à scier les grosses branches que j'utilisais à la cuisine. À la fin, je lui ai demandé :

— Mademoiselle Maribel, ça ne l'ennuie pas que vous passiez tellement d'heures avec moi ?

— Avec ce mauvais temps, elle se lève à une heure.

Il s'est planté devant l'eucalyptus et l'a regardé jusqu'en haut.

— C'est un bel arbre.

— Assurément.

— Quel âge vous pensez qu'il peut avoir ?

Je ne lui ai pas répondu, parce qu'il voulait toujours des explications. Je suis entré chez moi et il m'a suivi. J'avais envie qu'il voie les graines et je suis allé dans la chambre. Il n'y était jamais entré. Et la ronde a commencé… Il lisait tous les paquets, il touchait à tout.

— Lupin multicolore… Trompette des anges… Capucine naine : planter les graines par groupes de trois… Véronique… Fleur de la passion… Primevère du Japon… Bétoine…

— Regardez sous le lit.

J'ai tiré la planche.

— Quel arsenal ! Mais c'est une belle pagaille. Il va

falloir que je mette un peu d'ordre.

— À chacun son métier. Que sait le chat de la fabrication des cuillers ?

— Et je vais vous aider à bêcher le jardin.

— Ça ne s'apprend pas en un jour… D'abord, vous allez avoir des ampoules.

— Avant, j'avais des plantes… Quand j'étais petit.

Je n'ai jamais osé lui dire que je connaissais ses parents, ni qu'ils étaient restés chez moi tout un après-midi. Pendant un certain temps, j'ai pensé qu'il venait pour que je lui parle d'eux… Et je me suis trompé. Un jour, je lui ai dit :

— J'ai comme l'impression que vous êtes de ceux qui pensent toujours aux choses d'avant.

Il a réfléchi un moment, il m'a regardé en face et il a dit :

— C'est difficile de dire oui ou non. Parfois oui et parfois non… Je suis plutôt détaché du passé.

Un autre jour, en passant, et je ne me souviens plus de quoi nous parlions, il a dit qu'il y avait des gens qui avaient du mal à ne pas se rappeler l'époque où ils étaient enfants.

Et un après-midi de pluie il s'est planté devant la fenêtre :

— Ce jardin…

— Je vois bien qu'il vous plaît.

— C'est un jardin comme celui que j'aurais aimé avoir quand j'étais petit. Sans savoir qu'il pouvait exister.

Parfois, il passait la main sur le tronc d'un tilleul.

— Pourquoi il y avait tellement d'hirondelles par ici, au mois de septembre ?

Et nous nous promenions.

Quand je l'ai vu entrer avec le chat, j'ai craint le pire. C'était un chat malingre et maladif, qui vomissait tout ce qu'il mangeait. Je lui ai dit que je n'en voulais pas.

— Je m'en occuperai. Il était perdu et ma femme ne peut pas voir les chats en peinture. Laissez-moi le mettre dans la maison de verre. Je m'en occuperai.

Je lui ai dit que dans ces conditions, d'accord. Il lui apportait du lait et à moi il m'apportait toujours une bricole ou une autre, pour que je sois content. Le jour où nous avons rentré tous les bégonias, alors que nous nous reposions, il m'a dit :

— J'ai fait tous les métiers… Vous ne vous en doutez pas, parce que vous me voyez comme ça. Mais j'ai fait tous les métiers. Même s'il pèse cinquante kilos, un sac n'est pas lourd si c'est le premier et que tu es mort de faim. Mais quand c'est le centième… Et marcher dans des rues puantes avec les chiens qui te suivent et les enfants qui se moquent de toi… Il y a eu des moments où j'aurais donné mon âme et mes jambes pour un bout de jardin. N'est-ce pas qu'on ne le croirait pas ? Et ensuite, en me regardant, il a ajouté : On ne vit que jusqu'à douze ans. Et moi, j'ai l'impression de ne pas avoir grandi.

Noël approchait. Comme chaque année, j'ai envoyé une carte de vœux à Monsieur et Madame, avec une crèche et la Vierge Marie avec une couronne qui brillait. J'étais en train de l'écrire quand Eugeni est entré.

— Il fait chaud, à l'intérieur… Qu'est-ce que vous faites ?

— C'est pour Monsieur et Madame. Comme chaque année.

Dès que j'ai eu signé, il a pris la carte, il a soufflé dessus pour que l'encre sèche et il a regardé l'endroit.

— Elle est très jolie.

Il l'a retournée, a soufflé à nouveau pour sécher l'encre humide dans un coin et il me l'a rendue.

— Qu'est-ce que vous aimeriez avoir ?

— Je ne sais pas.

— Demandez ce que vous voulez, sans crainte.

— Comme ça, de but en blanc…

Moi, j'ai toujours eu honte de demander quoi que ce soit. Parfois, quand on avait besoin de fumier pour le jardin et que je devais demander de l'argent à monsieur Francesc, je restais une semaine sans savoir comment m'y prendre. Mais il y avait une chose dont j'avais vraiment envie.

— Je vous laisse réfléchir jusqu'à demain et si demain vous ne me dites pas ce que vous voulez je vous achèterai n'importe quoi. Si ça ne vous plaît pas, tant pis pour vous.

Le lendemain, j'ai trouvé le chat mort, blotti contre le mur. Ni le lait ni la bonne chaleur n'avaient pu le guérir. Eugeni l'a enterré au pied de l'eucalyptus et, pendant qu'il creusait le trou, je pensais que le chagrin lui avait tout fait oublier. Chagrin ou pas, quand tout a été fini, il a reparlé du cadeau et je lui ai dit qu'il y avait une chose qui me plairait beaucoup, mais que ça me semblait trop cher et que je n'osais pas la lui demander.

— Vous allez me ruiner ? Dites-moi donc ce que c'est.

Il m'a dit qu'il s'asseyait, parce qu'il avait l'impression qu'on en avait pour un moment. Que j'étais un homme très étrange. Et, je ne sais pas pourquoi, je suis devenu triste. Finalement, je lui ai dit que j'aimerais avoir une petite radio, que ça me tiendrait compagnie, parce que j'étais très seul. Il m'a répondu que c'était chose faite et que ce ne serait pas un cadeau, parce qu'il m'en donnerait une qu'il avait. Je lui ai demandé si elle serait blanche. J'aurais aimé qu'elle soit blanche, comme celle qu'ils avaient à la cuisine, mais il se trouve qu'elle n'était pas blanche, qu'elle était gris clair, et j'ai dit que ça serait tout aussi bien. Il est allé la chercher et il est revenu tout de suite. Elle marchait parfaitement. Tandis qu'on l'écoutait, il m'a touché l'épaule.

— J'aimerais manger des escargots. Avec toute cette pluie, les champs et les chemins doivent regorger d'escargots.

Nous sommes allés ramasser les escargots, deux jours plus tard, de bon matin. Nous avons bien vite rempli un panier. Nous sommes revenus par le chemin du cimetière.

— Il est joli, ce cimetière.

Nous sommes entrés regarder les croix. Il a voulu les voir toutes et moi je suis sorti et je me suis assis sur le banc, parce que je n'aime pas trop les cimetières. Quand il est sorti, il m'a dit que c'était un cimetière avec une très belle vue. Avec la mer devant. Et plein de lézards et de fourmis. Nous sommes descendus lentement vers le village. À l'Excelsior, il y avait des affiches d'un film de revolvers et de chevaux, de ces films au grand air, avec des arbres et des rivières et des bagarres ; j'ai pensé que le dimanche après-midi, j'irais le voir, comme un monsieur, tout seul, pour ne pas être dérangé.

J'ai laissé les escargots jeûner pendant quelques jours dans une vieille marmite en porcelaine, bien fermée, pour qu'ils ne partent pas en promenade, et quand ils ont eu suffisamment jeûné je les ai lavés à l'eau et au vinaigre. Sept fois. Et je les ai mis à bouillir avec un bouquet de fenouil bien ficelé. Je l'ai entendu arriver alors que je préparais la vinaigrette. Et dès qu'il est entré dans la cuisine il a dit qu'il avait très faim. C'est à peine s'il m'a laissé égoutter les escargots. Je les ai servis avec la sauce à part et avec des cure-dents pour les piquer, parce qu'il y en avait qui s'étaient nichés tout au fond. On n'en a pas laissé un seul, comme échantillon. Quand nous avons eu fini, nous avons jeté les coquilles dans le seau et alors, sans me remercier, il m'a dit :

— Je m'en vais.

Je lui ai demandé où il était si pressé d'aller.

— Déjeuner. On m'attend.

Je l'aurais tué. Sans faire la vaisselle, j'ai sorti la chaise dehors, parce qu'il y avait un peu de soleil et je voulais laisser retomber ma rage. Au bout d'un moment, Toni est arrivé.

— Vous n'en avez pas encore votre claque, de ce gars ? Il est riche, n'est-ce pas ? Eh bien, qu'il s'amuse avec ceux de sa bande. Moi, à votre place, je l'aurais déjà envoyé balader.

J'allais lui dire de ne pas se mêler de ce qui ne le regardait pas, mais je me suis retenu.

— Il ne faut pas être trop chatouilleux.

Je n'avais jamais voulu me disputer avec Toni parce que, le jour où j'avais la flemme ou trop de travail, il allait au village et me rapportait tout ce dont j'avais besoin pour manger. Quima, elle, s'occupait de mes vêtements. Ça me convenait.

Il est revenu un après-midi, trois ou quatre jours plus tard, et dès que je l'ai vu je lui ai dit que je ne pouvais pas m'occuper de lui, parce que je devais aller aérer la maison. Je ne sais pas comment il s'est débrouillé, mais sans qu'il me le demande et sans que je lui dise un mot, je l'ai trouvé à côté de moi au moment où je tournais la clef dans la serrure. Nous avons tout ouvert : en bas, en haut, la cuisine… Et en attendant que l'air circule, nous sommes sortis sur un balcon du premier étage. On voyait très bien sa villa et notre jardin, un peu moins la partie où il y a ma maisonnette et la maison de verre. Nous sommes restés là un bon moment, sans rien dire, juste à passer le temps, et quand le soleil s'est couché nous avons commencé à fermer. Il regardait tout. Il a ouvert un tiroir.

— Ça ne plairait pas beaucoup à madame Rosamaria…

— Je l'ai fait machinalement.

La veille de Noël, j'ai reçu l'argent que Monsieur et Madame m'envoyaient chaque année, avec un paquet de touron. Comme s'ils s'étaient donné le mot, Eugeni, lui aussi, m'a apporté du touron. Et il m'a donné un billet. Je lui ai dit que c'était trop, mais il m'a obligé à le prendre.

Il est parti quelques jours, avec Maribel et monsieur Bellom. Quand ils sont revenus, pour le Nouvel An, ils avaient des invités et je ne les voyais que de loin. Ce mois de janvier a été le mois de la torpeur. Toni vivait reclus et ne s'occupait pratiquement pas des chevaux ; avec Josep, je n'avais jamais voulu avoir trop de relations, mais même si j'avais voulu… Il passait ses journées au village à bavarder et tirait sa flemme. Finalement, Eugeni est venu un moment et m'a dit qu'avec Maribel ils allaient en Suisse, patiner. Et qu'ils ne reviendraient pas avant la mi-février.

— Vous me prêtez la clef ?

— Quelle clef ?

— La clef pour aérer la maison…

J'allais lui dire « Mais on l'a aérée il n'y a pas si longtemps… », mais je l'ai regardé et je n'ai rien pu dire.

Il était de dos à la lumière, avec cette sorte de crainte d'être trop grand, les yeux enfoncés et les joues creuses. Je lui ai donné la clef. Il a tardé quatre heures à me la rendre. Il est entré, l'a posée sur la table et est parti. Après son départ, je me suis levé et, par la fenêtre, je l'ai regardé sauter les buis, jusqu'au moment où je l'ai perdu de vue.

Ils sont revenus beaucoup plus tard que ce qu'Eugeni avait dit, parce que Maribel, en patinant sur la neige, s'était cassé une jambe. Elle allait bien, mais elle marchait encore avec une canne. Le soleil commençait à taper et il y avait de bonnes perspectives de bourgeonnement dans les branches ; peut-être un peu en retard, parce que l'hiver avait été rude. Cela faisait près d'un mois que monsieur Bellom était parti pour Barcelone, sans rien dire. Eugeni est venu me voir tout de suite et il m'a expliqué comment ça s'était passé, cette histoire de jambe. Je lui ai dit : Mais pourquoi donc allez-vous patiner ? Il m'a demandé si je savais quand venaient Monsieur et Madame.

— Ouh là ! Il y en a encore pour un moment. D'habitude, ils viennent pour la Saint-Jean.

Il m'a redemandé la clef, et c'est devenu comme un vice, d'aller aérer. Je me disais : Mais que diable fait-il dans la maison ? Jusqu'au moment où j'ai décidé d'en avoir le cœur net. Et il ne faisait rien. Il avait tout ouvert et il restait assis sur un canapé, à fumer, au milieu d'un courant d'air à tomber malade. Je lui ai dit que j'étais venu pour voir s'il était encore vivant et nous avons commencé à tout fermer, nous sommes montés dans la chambre de Madame et nous sommes sortis sur le balcon. L'allée de tilleuls commençait à verdir et on voyait très bien leur maison.

Nous étions en train de regarder et il m'a demandé :

— Il vous plaît, notre jardin ?

— Il est très pelé.

— Vu d'ici, encore plus.

Et j'ai dit « Comme le cul d'une guenon », et nous avons ri et tandis que nous redescendions je lui ai parlé de Tití, qu'il n'avait pas connue, et des mauvais tours qu'elle nous jouait et des deux figurines qu'elle avait dérobées à son beau-père. Il avait l'air de ne pas être là, mais tout d'un coup il a demandé :

— Et elle a fini comment, cette Tití ?

— On ne sait pas.

— Vous êtes sûr que ce n'est pas vous qui l'avez tuée ?

Je lui ai juré que je ne l'avais pas tuée et que quand je plantais je craignais de tomber sur ses os, parce que j'étais sûr qu'ils étaient quelque part dans le jardin. Depuis ce jour, quand il venait me voir, il me demandait toujours : « Qui a tué la guenon ? » Et, trois ou quatre fois, il m'a demandé une bêche parce qu'il s'amuserait à la chercher. Tout d'abord, j'étais certain que ça l'enchantait de faire des plaisanteries, mais un jour j'ai vu qu'il avait le regard vitreux et ça m'a fait un peu peur.

Au printemps, je suis allé voir Matias et je lui ai demandé de m'envoyer quelqu'un pour tapisser ma salle à manger avec le papier peint aux tournesols. Quand Eugeni l'a appris, il s'est fâché parce que, disait-il, il aurait très bien pu le faire. Il se sentait tellement en confiance qu'il mettait son nez partout. Moi, dès que je le voyais, je lui demandais comment allait Maribel et il me répondait qu'elle allait bien et qu'elle laisserait bientôt sa canne au grenier. Eugeni était la seule personne qui savait où était tout ce que j'avais chez moi :

les draps, les serviettes, les assiettes, les tasses, la vieille valise avec les affaires de Cecília… Il fouillait dans tous les tiroirs, regardait les fourchettes, les cuillers, la cuiller en bois. Parfois, pour bavarder avec moi, il la prenait et frappait de petits coups sur la table… Un jour, il a trouvé l'aiguille à tricoter.

— Qu'est-ce que c'est que ça ?

Je lui ai répondu que je ne savais pas, qu'elle avait toujours été dans la maison. Et qu'il me fasse le plaisir de la remettre là où il l'avait trouvée. Il m'a dit qu'il avait commencé à faire un trou dans une table en bois de citronnier, que cette aiguille serait parfaite pour passer à travers.

À nouveau, je lui ai demandé de bien vouloir laisser cette aiguille, que c'était un souvenir.

— On en vend à la mercerie, si vous avez envie de faire des trous dans les tables.

Il a regardé le portrait de Cecília et il est allé ranger l'aiguille dans le tiroir.

Avec les feuilles, les fleurs et les oiseaux sont arrivés. Toute la journée, on entendait la tondeuse qui faisait des allées et venues dans le jardin de monsieur Bellom.

— Je vais passer l'été à tondre, je le vois venir, m'a dit Josep.

Il était désespéré, parce que, lorsqu'un côté était tondu, l'autre ressemblait déjà à un terrain en friche. Lui et son fils ne suffisaient pas à la tâche. Ils ont résolu le problème en achetant une nouvelle machine et en louant un homme du village qui avait besoin de faire plus d'heures parce qu'un nouveau gamin lui était arrivé par surprise.

La salle à manger a été tapissée en une journée. Ça avait l'air d'un sacré bazar, mais le lendemain tout était à nouveau à sa place. Eugeni est venu voir de quoi ça avait l'air. Il m'a dit qu'on m'avait laissé une cloque au-dessus de la fenêtre. Et il avait raison. Il ne m'a plus jamais demandé la clef pour aller aérer la maison. Monsieur Bellom avait recommencé à tourner dans son jardin comme un papillon et Maribel, on la voyait très peu.

V

La bande est arrivée au début du mois de juin. J'ai caché la radio dans un placard pour éviter les commentaires. Je ne la sortirais que le soir et je profiterais des nuits assez fraîches pour l'écouter la fenêtre fermée. Au milieu de la matinée, madame Rosamaria, Mariona et Miranda sont arrivées en voiture. Les autres sont arrivés par la mer, à nouveau, avec le monsieur qui leur apprenait à patiner sur l'eau, mais sans esclandre. Mademoiselle Maragda est arrivée seule, par le train de l'après-midi.

Mariona changeait à vue d'œil. C'était maintenant une jolie jeune fille, sur le point de se marier. Elle est venue me saluer le lendemain de son arrivée et elle m'a dit que Mingo était devenu maçon et qu'elle avait une commode pleine de vêtements, mais que tout n'était pas encore prêt et qu'il faudrait peut-être qu'ils attendent encore un an avant de se marier. Et que si je voulais savoir la vérité elle était très heureuse comme elle était, simplement fiancée. Elle m'a expliqué qu'avec Miranda elles étaient devenues amies et que, même si certains l'avaient prise en grippe, c'était une bonne fille et qu'elle se languissait beaucoup de son pays. Elle apprenait aussi à coudre, mais apparemment elle n'était pas très habile. Les dimanches où Mingo travaillait, des petits chantiers à son compte, qui les aideraient à acheter les meubles, elle et Miranda sortaient se promener et quand elles rentraient il y avait toujours trois ou quatre soldats derrière elles. Je lui ai dit de faire très attention de ne pas laisser Miranda l'emmener sur de mauvais chemins.

— N'ayez crainte. Ce qui se passe, c'est que quand elle voit un monsieur, elle devient à moitié folle, et ils s'en rendent compte. Mais pour tout le reste elle est bonne comme le pain.

— Comment avez-vous passé l'hiver, à la maison ?

— Comme ci comme ça.

Je voulais qu'elle me raconte, mais je n'ai pas obtenu le résultat que j'espérais. C'est qu'avec Mariona, je m'en suis rendu compte, il valait mieux jouer les indifférents, parce que alors elle racontait tout. Si on lui demandait quelque chose directement, elle se fermait comme une huître.

Cette nuit-là, il a grêlé très fort. J'avais l'impression que les grêlons allaient défoncer mon toit. Je me suis levé dans l'obscurité, j'ai regardé par la fenêtre et j'en ai vu qui étaient gros comme des œufs de pigeon. Cela a duré un bon moment, et très fort. Cette grêle a fait de gros dégâts. Branches cassées et fleurs déchiquetées. Et les iris d'Allemagne de monsieur Bellom, qui étaient au summum de la floraison, ont bien souffert. Quand il a vu ce désastre, monsieur Bellom a dit que les iris c'était fini, qu'ils pouvaient les arracher, et que si je voulais ceux qui restaient, il me les donnait tous. Et il a fait planter des rosiers rampants.

Celle qui a su faire parler Mariona, c'est Quima. Cet hiver, je l'avais à peine vue, mais un dimanche, avant l'arrivée de Monsieur et Madame, je l'ai rencontrée à la sortie de l'Excelsior et je l'ai invitée à prendre un café à can Bergadans. Ça lui a fait très plaisir. Quand elle est venue travailler à la cuisine, elle m'a dit de venir goûter.

Je m'y suis présenté au bout de deux ou trois jours.

Elle savait quels événements désagréables avaient eu lieu à Barcelone et elle m'a raconté ça très calmement. Elle avait presque tout soutiré à Mariona, qui avait vu beaucoup de choses et en savait beaucoup d'autres par Miranda. Je suppose que l'une et l'autre vivaient avec une oreille collée aux portes. Quima m'a dit que les premiers jours tout avait l'air pareil, comme si rien ne s'était passé, mais que peu à peu tout le monde s'était rendu compte que madame Rosamaria était très abattue… Apparemment, elle vivait persuadée qu'Eugeni allait par le monde en proie au désespoir, ne pensant qu'au jour où il viendrait la chercher. Elle aurait dit oui ou elle aurait dit non : c'est une chose qu'elle-même ne savait sans doute pas. Elle aurait sûrement dit non. Mais l'idée qu'Eugeni était fou amoureux d'elle devait la faire se sentir comme une reine. Quand elle l'a vu marié et content, elle a été violemment contrariée.

— Il y a des gens qui cherchent le mouton à cinq pattes.

Moi, franchement, je n'arrivais pas à y croire :

— Vous êtes sûre que ces filles ne mélangent pas tout ?

— Qui ça ? Mariona et Miranda ? Elles sont plus vives que la poudre.

Alors, elle m'a raconté qu'un soir, Monsieur et Madame étaient allés au Liceu avec Feliu et mademoiselle Maragda, qu'au bout d'un moment ils avaient dit quelques mots à voix basse et que madame Rosamaria s'était levée et était partie toute seule.

— Feliu l'a rattrapée dans la rue et l'a raccompagnée chez elle. En chemin, elle lui a dit qu'elle ne voulait plus voir son mari.

— J'aimerais bien savoir d'où Mariona a tiré tout ça.

— Ce n'est pas difficile à imaginer… Elle a entendu Feliu et Monsieur qui en parlaient.

Ce faisant, elle avait coupé du jambon et de la saucisse et elle m'en a servi une assiette. Ensuite, elle a rempli deux verres de vin ; elle m'en a donné un et a gardé l'autre.

— Ça ne refroidit pas, mais quand même… Vous devriez manger.

J'ai avalé une gorgée de vin et je lui ai demandé :

— Et comment ils ont arrangé ça ?

Elle m'a dit qu'elle ne savait pas, que Madame, après quelques jours d'accablement, avait repris le dessus, mais qu'elle n'était plus la même. Elle se levait de mauvaise humeur, elle n'avait envie de rien, tout l'ennuyait… Ils ne pouvaient pas lui dire un mot sans qu'elle les contredise.

À la fin, Monsieur a dit à Feliu qu'il allait la faire examiner par un médecin.

Je lui ai demandé où elle avait trouvé ce jambon, qui n'avait pas l'air d'être du village, et elle m'a dit qu'ils l'avaient apporté de Barcelone. Mais comme elle était lancée elle est revenue à son idée :

— Un après-midi, elle s'est disputée avec Mariona, je ne sais pas pourquoi, et elle s'est retrouvée raide comme une perche. Ils ont dû l'étendre sur un lit. Le médecin a dit que c'était une crise de nerfs et que plus tôt ils viendraient ici, mieux ce serait.

Elle a retiré la bouteille parce que le soleil donnait en plein dessus.

— Et alors elle s'est mis dans la tête que Monsieur voulait la tuer. Elle le disait toujours à mademoiselle Maragda. Quand il l'a su, il a pris peur. Un jour, devant Feliu, il lui a dit que c'était incroyable qu'elle ne se rende pas compte qu'elle faisait souffrir tout le monde.

Elle s'est mise à pleurer et à la fin elle a dit qu'elle était très malade.

J'ai pensé que c'était bien possible que ça soit vrai, tout ça, mais que des choses racontées par tant de personnes différentes…

Les promenades à cheval ont repris. Madame Rosamaria s'habillait en noir de haut en bas : tricot, pantalon et guêtres. Mademoiselle Maribel, comme si elle le faisait exprès, portait une chemise en toile flottant par-dessus le pantalon et un chapeau de faucheur. Eugeni était assorti à Maribel. Et ainsi allait le monde. Les uns sur leur trente-et-un et très comme il faut et les autres jouant les gitans. Fletxa est devenu un peu capricieux. Moi, je ne lui disais jamais rien, mais quand il me voyait il remuait la tête et levait les pattes de devant, d'abord l'une puis l'autre. Parfois, je lui donnais une carotte, bien que Toni me l'ait interdit.

Un matin à la première heure, je suis allé arroser les géraniums du mirador, des boutures qui fleurissaient déjà, avec des feuilles rondes tachées d'une couleur vinaigre et des fleurs plus rouges que le sang frais. En bas, il y avait Eugeni et mademoiselle Maribel, qui avaient l'air de brigands. Ils avaient retourné la barque rouge et la repeignaient de la même couleur. Cela faisait deux ou trois ans qu'on l'avait laissée de côté et personne n'y pensait plus.

Eugeni m'a vu tout de suite.

— On dirait que nous sommes fâchés… Et si vous veniez nous aider ?

Je lui ai dit que j'avais beaucoup de travail et que je ne pouvais pas descendre. Quand je me suis retourné, j'ai vu madame Rosamaria arriver par l'allée de tilleuls. Elle était enveloppée dans une très grande serviette.

— Où allez-vous de si bon matin ?

Personne n'aurait dit qu'il s'était passé tant de choses. Même Quima. Sans s'arrêter, elle m'a dit :

— Je vais nager un peu, tant qu'il n'y a personne sur la plage.

Je n'ai rien dit. Au moment où elle posait le pied sur la première marche de l'escalier, son dos a un peu bougé et j'ai compris qu'elle les avait vus. Elle n'a pas eu le temps de reculer. Elle leur a adressé quelques phrases de politesse, leur a demandé s'ils voulaient qu'elle les aide et Maribel, dans l'espèce de catalan qu'elle parlait, qui, je crois, devait lui faire honte à elle-même, lui a dit que ce n'était pas la peine parce qu'ils avaient presque fini.

Et ils n'ont rien dit d'autre. Madame est entrée dans l'eau en marchant lentement et elle a vite été immergée. Cela devait faire deux ou trois minutes qu'elle nageait quand Eugeni s'est mis à courir, s'est arrêté un instant avec de l'eau jusqu'à la taille et a commencé à nager lui aussi. Il nageait vite et il l'a vite rattrapée. Pendant un long moment, j'ai vu leurs deux têtes proches l'une de l'autre et mademoiselle Maribel qui continuait à peindre, tournant le dos à la mer. Elle a dû se lasser et elle est retournée chez elle. Et moi à mon travail. Je venais juste d'attraper ma bêche quand Mariona est arrivée.

— Vous n'êtes pas au courant ?

— De quoi ?

— Un oncle de Mingo est mort et il lui a laissé une petite maison.

— Vous devez être contents, alors.

— Moi oui. Mais lui, pas trop, parce qu'il dit qu'elle est en assez mauvais état et qu'elle va lui donner beaucoup de travail.

Moi, cette maison, je m'en fichais, mais comme je

la voyais joyeuse, je me suis dit que c'était peut-être le moment de la faire parler un peu. Je ne pouvais pas m'enlever de la tête tout ce que Quima m'avait raconté.

— Tu ne m'avais pas dit que Madame avait été malade, cet hiver.

— Pensez-vous.

— Ce n'est pas vrai ?

— Elle va trop bien.

— J'ai l'impression que tu ne l'aimes pas beaucoup.

Elle m'a échappé, comme une anguille.

— Et vous qui posez toujours des questions, comment vous avez passé l'hiver ?

Si elle croyait qu'elle allait me faire bavarder, moi…

— Un pied en l'air, l'autre par terre.

— Vous êtes chaque jour plus farceur… Je m'en vais balayer le mirador.

Je l'ai retenue encore un peu et je lui ai dit que j'avais déjà balayé le mirador, avant d'arroser les géraniums. Que ce n'était pas la peine qu'elle le fasse.

— Ils vont vous engager comme femme de chambre.

— Vous voulez une rose ?

— C'est dimanche qu'il faudrait me la donner. Qu'est-ce que vous voulez que j'en fasse, maintenant ?

Elle est partie avec la rose et je lui ai dit de venir dimanche en chercher une autre. J'ai jeté un coup d'œil du côté de la mer et ils ne nageaient plus. C'est la dernière fois que je les ai vus ensemble. Les autres descendaient à la plage, avec des cris joyeux.

Quand la peinture a été sèche, Eugeni est devenu le patron de la barque. Les premiers jours, il sortait avec Maribel, très tôt, quand le ciel était encore mauve. Ils ramaient et s'éloignaient, jusqu'à ce que la barque ne soit plus qu'un point noir sur l'eau. Ensuite, il a commencé à sortir seul. De plus en plus décharné, les genoux plus pointus et les joues plus creuses. Il ramait lentement, et bientôt la barque rouge et lui sont devenus une seule chose, comme madame Rosamaria et son cheval.

Parfois il jouait aux échecs, mais il perdait tout le temps. Ceux qui jouaient le plus, c'étaient Monsieur et monsieur Bellom. Ils faisaient de longues parties, qui n'en finissaient jamais. Comme ils jouaient dehors, parfois je les regardais de loin, tout en travaillant. Depuis l'hiver, monsieur Bellom était éteint. C'est à peine si je le voyais et pourtant, avant, il venait toujours me dire quelque chose. Un après-midi où ils avaient beaucoup joué, il s'est passé quelque chose de grave par la faute de Monsieur. Le soir commençait à tomber et ils étaient tous assis sous les magnolias. Miranda rangeait les figurines dans la boîte parce qu'ils lui avaient dit d'emporter la table à jeu. Je suppose qu'elle faisait durer autant qu'elle pouvait.

Monsieur Bellom parlait de l'époque où il était jeune et de sa femme morte : il disait qu'elle avait les cheveux comme ceux de Maribel et que Maribel avait les mêmes expressions que sa mère et quand elle tournait la tête la ligne de sa joue était exactement la même. Que pour lui ça avait été très difficile, les premières années, de trouver sa voie. Il a raconté qu'il avait fait tous les métiers, comme son gendre. Et il paraît qu'il a dit :

— Eugeni, que vous voyez là, a travaillé comme un nègre. Très peu de temps, mais comme un nègre. Il a eu de la chance de tomber sur moi…

Il paraît qu'il parlait à voix basse et pas comme avant, en criant comme si tout le monde était sourd. D'abord, quand il parlait de sa femme, il avait la voix triste ; ensuite il a commencé à s'exciter. Moi j'étais chez moi et je n'ai rien vu et rien entendu. J'ai appris peu à peu ce qui s'était passé, un morceau par-ci, un autre par-là, un peu par Quima, un peu mine de rien. Il y a des choses dont je ne suis pas très sûr.

Maribel n'était pas là. D'après Miranda, Eugeni était assis par terre, un peu à l'écart des autres, et il avait un air de chien enragé. Monsieur Bellom racontait. Eugeni lui avait plu tout de suite, parce qu'il lui faisait l'effet d'un garçon volontaire. S'il faut croire Quima, ce qu'il a dit, c'est qu'alors, avec la faim et tout, « il avait l'air d'un loup et il faisait peur ». Il était de Barcelone, comme lui, et ça lui a plu. Et il l'a envoyé avec les coupeurs de canne. Apparemment, il disait tout ça avec une sorte de fureur et les autres restaient silencieux comme des pierres. Toujours d'après Quima, qui bien sûr le savait par Miranda, monsieur Bellom est resté un moment sans rien dire, puis il a lâché :

— Un jour, j'ai fait la bêtise de l'inviter à dîner et Maribel est immédiatement tombée amoureuse de lui.

Malgré toute son effronterie, Miranda n'a pas osé faire durer plus longtemps la comédie des figurines et elle est partie. Elle a raté le meilleur. Quima l'a appris par une conversation qu'elle a entendue par la fenêtre de la cuisine. Apparemment, après cette histoire de dîner, monsieur Bellom a dit que Maribel était à moitié sauvage et que si elle se mettait quelque chose en tête il n'y avait pas moyen de la faire changer d'avis.

— Je le connaissais depuis quatre mois, a-t-il ajouté. On peut dire qu'il n'y est pas allé par quatre chemins.

Là-dessus, il paraît que monsieur Francesc s'est mis à rire comme s'il ne pouvait plus se retenir et qu'Eugeni s'est levé et lui a flanqué une gifle. Monsieur Francesc n'a pas bougé. L'autre est parti vers l'allée de tilleuls et après madame Rosamaria a fait mine de le suivre. Monsieur, qui avait encore la joue rouge, lui a attrapé le bras brusquement et l'a emmenée vers la maison. Bref, une sacrée pagaille.

Quima, qui débordait de satisfaction, m'a dit :

— Il y a quelque chose qui ne tourne pas rond, chez monsieur Bellom. Peut-être qu'il a fini par se rendre compte qu'il s'est fait avoir.

Tout semblait devoir très mal tourner, mais le lendemain, au milieu de la matinée, monsieur Bellom s'est présenté et a parlé un moment avec Monsieur. Mariona a entendu la conversation, non pas parce qu'elle écoutait, disait-elle, mais parce qu'elle était en train de nettoyer la salle à manger et qu'ils avaient mal fermé la porte. Tout s'est très bien passé. Monsieur Bellom s'est excusé : sans s'en rendre compte, il avait dit des choses qu'il n'aurait pas dû dire, et il était responsable de la scène que son gendre avait faite. Monsieur lui a dit de ne pas s'inquiéter, que tout cela n'avait aucune importance.

Ça avait de l'importance, ça n'en avait pas ? Moi, ce qui m'a distrait de cette affaire, c'est l'histoire de Guy. Cela s'est passé quelques jours plus tard. J'étais en train de déjeuner et Toni est arrivé avec une tête de trois pieds de long. Pour commencer, il m'a dit qu'il avait reçu une lettre de l'école de son fils. On lui disait que le garçon s'était échappé. Ils ne savaient pas comment, mais ils pensaient qu'il avait sauté le mur du jardin.

— Ne vous en faites pas, lui ai-je dit, ils vont le retrouver.

— Si vous voulez que je vous dise la vérité, ça m'est égal, qu'ils le retrouvent ou pas. Un jour ou l'autre, il va mal finir.

J'ai fait la tête qu'on fait dans ces cas-là, et comme je pensais qu'il m'avait dit tout ce qu'il voulait me dire, j'ai tendu le bras pour ouvrir le tiroir et prendre le sécateur. Mais il n'a pas bougé.

— Ce n'est pas pour ça que je suis venu vous voir. Ce matin, Miranda m'a dit que monsieur Francesc voulait me voir d'urgence. Vous savez pourquoi ?

— Non.

— Pour me dire que pendant quelques jours je devrai m'occuper des chevaux de monsieur Bellom. Et des miens, évidemment. Qu'est-ce que vous dites de ça ?

— Eh bien… Qu'est-ce que vous voulez que j'en dise ? Et Guy, alors ?

— Si vous croyez qu'il m'a donné une explication…

— Mais il se passe sûrement quelque chose…

— Et comment ! Après avoir reçu cette nouvelle, j'étais tellement en colère que je suis allé à can Bergadans boire un coup. Et Bergadans m'a tout raconté.

Me rendant compte qu'il voulait me faire mariner, je suis allé fermer les fenêtres, sans rien lui dire.

— Guy a disparu avec une fille du village ; avec la fiancée du fils de Josep.

Dieu sait que je ne me réjouis jamais des malheurs des autres. Mais, je ne sais toujours pas pourquoi, j'ai éclaté de rire.

— Ne riez pas. Josep est ravi. Il dit que son fils est trop jeune pour perdre son temps avec des amourettes.

J'avais toujours pensé que Josep était un peu borné, mais pas à ce point. Qu'on le veuille ou non, ça avait dû faire un sacré choc au gamin.

— On sait comment ça finit, ce genre d'histoire, m'a dit Toni. Demain ou après-demain, la fille va revenir, pleurant comme une Madeleine, et Guy ira s'occuper de chevaux en France. Je le disais bien, moi, que c'était un vaurien.

Et, sans rime ni raison, il s'est mis à rire comme s'il n'avait pas toute sa tête.

Il faisait très beau et les jours passaient si calmement qu'on aurait dit qu'ils ne finiraient jamais. Mais il n'y avait pas beaucoup de gaieté. Un matin, monsieur Bellom était au pied du mirador, en train de parler avec mademoiselle Eulàlia. D'en haut, j'entendais tout ce qu'ils disaient.

— Je vous présente la semaine prochaine, comme convenu. Vous lui montrez vos peintures et j'espère que vous vous entendrez. Ce que vous peignez, c'est chaque jour plus joli.

Cet été-là, je n'avais encore vu aucune peinture de mademoiselle Eulàlia. Elle peignait uniquement dans sa chambre et, à ce qu'on disait, elle inventait tout. La personne qui devait venir la semaine suivante, c'était un ami de monsieur Bellom qui écrivait dans les journaux. Tout s'est très bien passé. L'ami de monsieur Bellom a dit à mademoiselle Eulàlia qu'il s'occuperait de lui organiser une exposition à New York. Ils sont allés à Barcelone, elle lui a montré tout ce qu'elle avait peint et il lui a dit qu'il lui ferait gagner beaucoup d'argent. Cela a fini de ramener la paix. Les parties d'échecs et les causettes sur la plage ont repris.

— Vous n'êtes pas un peu jaloux de mademoiselle Eulàlia ? ai-je dit à Feliu le premier jour où je l'ai croisé.

Nous ne nous voyions pas beaucoup. Avec lui, il m'était arrivé la même chose qu'avec monsieur Bellom. Au début, beaucoup d'amitié, beaucoup de familiarité. Ensuite, c'est à peine si je me souviens de toi… Il faut dire que Feliu, comme monsieur Bellom, s'était beaucoup éteint.

Il a fait semblant de rire, mais j'ai eu l'impression qu'il en avait très peu envie.

— Absolument pas. Je suis très content qu'on veuille l'aider.

— Et vous, vous ne peignez pas, cette année ?

Il m'a dit que non, que cet été il était seulement venu se reposer.

— En rentrant à Barcelone, je peindrai une toile de six mètres de large. Tout est prêt. Ce sera la dernière fois que je peindrai la mer. Sans le sable et sans le ciel. Rien que l'eau.

Il m'a dit qu'après il ne savait pas ce qu'il ferait. Il était un peu perdu.

— Je trouverai bien une voie. Pour l'instant, je n'y pense pas.

Il m'a fait un peu de peine, je ne sais pas pourquoi.

Un soir, alors que je revenais du jardin, j'ai trouvé Eugeni chez moi, assis dans la salle à manger.

— Vous voulez bien de moi pour dîner ?

Il avait apporté deux paquets, un de viande et un autre de biscuits.

— Comme vous voudrez... Mais...

— Dites oui.

Il m'a regardé. Il avait un côté de la bouche qui tremblait.

Nous avons dîné comme des rois. Il m'a fait la plaisanterie sur Tití et m'a demandé quand on mangerait à nouveau des escargots.

— J'ai encore de votre cognac, lui ai-je dit.

J'ai mis la bouteille sur la table. Il en restait plus de la moitié. Quand je me suis approché avec la cafetière pleine et chaude, il a soulevé sa tasse et il m'a dit :

— Vous et moi, on va s'enfuir en Amérique. Vous

verrez comme on sera bien. On ne dira rien à personne. On filera à l'anglaise.

— Entre nous, je préfère ne pas bouger.

J'ai regardé la bouteille de cognac. Tandis que je préparais le café, il en avait bu quatre doigts.

— Vous savez ce qu'ils font, maintenant ?

— Qui ?

— Ceux des maisons. Je veux dire ceux d'ici et mon beau-père. Vous le savez que j'ai un beau-père, n'est-ce pas ? Eh bien mon beau-père est assis dans un de ces fauteuils en cuir de vache, d'une vache qu'il a choisie lui-même quand elle était vivante... Il l'a désignée du doigt et il a dit : celle-là. Et tandis qu'il choisissait la vache qui passait il a dit et amenez-moi un gendre pour que ma fille soit mariée au lieu d'être célibataire. On va faire un gendre exprès pour ma fille : ni trop gras ni trop maigre. S'il est trop grand, on le raccourcira. S'il est trop gras, on le sciera des deux côtés pour qu'il ait la bonne taille. S'il est trop maigre, on le remplira de fèves comme les dindons et on le gardera enfermé dans une cage jusqu'à ce qu'il soit bien gras... Et celui de cette maison, Francesc, il est étendu sous les magnolias et il fume un cigare en disant : Ma femme est ma femme et je l'ai choisie avec une peau comme il faut ; le genre de peau qu'il faut pour faire briller les diamants que je lui achète... Et encore de la fumée pour retourner le cœur des pauvres magnolias, qui n'y sont pour rien... Et vous savez ce que disent les amis ? On peut toujours passer un bon été dans la villa des Bohigues. Et vous savez ce qu'elle dit, elle ?...

Et alors il s'est tu et a avalé une bonne lampée de cognac.

— Tant que les morts du cimetière engraissent bien nos escargots... Vous, je vous veux du bien. Tenez !

Et il m'a donné une toute petite pièce de monnaie, avec un croissant de lune sur une face. Il m'a dit qu'elle était turque.

— Ne la perdez pas. Elle porte bonheur. Alors, on va en Amérique ? Il y a de tout, là-bas… Et les plantes… Vous ne sauriez pas où les mettre… Qu'est-ce qu'on fait ? On y va ou on n'y va pas ?

Il a fini le cognac et, sans me demander la permission, il est entré dans ma chambre et s'est couché sur mon lit. Quand j'ai eu fini la vaisselle, j'ai entendu qu'il ronflait. Je suis monté sur le toit. C'était la première nuit de l'été que j'y dormais et la première nuit de cet été que le rossignol a chanté.

La nuit avait été sombre ; au matin, il y avait des toiles d'araignée de brume sur l'étendue de la mer. Je suis descendu voir ce que faisait Eugeni et il n'était plus là.

Le lendemain, il est revenu.

— Hier, je suis parti assez tard. Je suis monté pour vous dire au revoir, mais vous dormiez comme si on vous avait tué… Vous savez qu'il y a un fantôme au balcon de la maison des Bohigues ?

Il a passé la main sur le coin de sa bouche et m'a demandé :

— Vous avez entendu le rossignol ?

— C'est la première nuit qu'il chante.

— Vous savez où il se met pour chanter ?

— Oui. Juste là, dans les rochers, niché au milieu du chèvrefeuille. Je l'ai entendu là toute ma vie. Enfin… Ce doit être le petit-fils ou l'arrière-petit-fils du premier rossignol que j'ai entendu là derrière. Ça passe de père en fils…

Il a tardé environ une semaine à revenir. Il m'a

demandé si j'avais toujours la pièce qu'il m'avait donnée, parce que ce serait très ennuyeux que je la perde.

— Vous savez où je dors ?

— Non.

— Sur ma terrasse. Quand j'éteins la lumière, entre les colonnettes, je vois tout chez vous, le jardin, la maison… Tout…

Plusieurs nuits, j'ai recommencé à me promener dans le jardin. Madame passait de longs moments sur son balcon. Elle ne savait certainement pas qu'en face, dans l'obscurité, on la regardait. Une nuit, je suis tombé sur lui. Dès qu'il m'a vu, il m'a attrapé le bras et il m'a entraîné vers le mirador.

— Silence. Je n'ai rien voulu vous dire là-bas parce qu'il y avait quelqu'un sur le balcon.

Nous nous sommes promenés un long moment, faisant des allées et venues sous les tilleuls, sans ouvrir la bouche. Parfois, nous entendions un vol d'oiseaux entre les feuilles.

— Nous leur faisons peur.

— Allez dormir, il est très tard…

Il m'a dit qu'il avait eu envie de se baigner et il est descendu à la plage. Moi, je suis allé me coucher. J'ai très mal dormi. Bien qu'il se soit écoulé pas mal de temps depuis cette nuit, quand j'ai du mal à dormir, je me rappelle comme si c'était hier le vol d'un oiseau entre les branches et la voix d'Eugeni, très basse : « Nous leur faisons peur… »

Alors que je le regardais nourrir les chevaux, Toni m'a dit que son garçon allait arriver un de ces jours. On l'avait trouvé du côté de Montjuïc, mort de faim.

— On l'a mis à la porte de son école supra et ma cousine ne veut pas de lui. Pour le moment, je vais le garder au village. Quand je pense aux espoirs que j'avais…

Il s'occupait encore des chevaux de monsieur Bellom. Au fond il était très content, mais il ne l'aurait jamais avoué, même si on l'avait menacé de mort. Je suppose que monsieur Bellom lui avait fait des conditions très favorables.

J'étais sur le point de m'en aller et il m'a arrêté :

— Vous ne croyez pas que ce serait normal que Monsieur me laisse garder mon garçon ici ? Si je le laisse au village, j'ai peur qu'il me crée des problèmes…

Je lui ai dit de lui en parler.

— Je l'ai vu, il n'y a pas très longtemps, mais j'ai l'impression qu'il était fâché. Vous le connaissez, vous, le type des patins ?

Il voulait parler de l'homme qui leur apprenait à patiner sur l'eau. Il était resté deux ou trois ans sans venir et il me semble que nous n'avions jamais échangé un mot. Je me rappelais qu'avec monsieur Sebastià nous lui avions fait la blague de tirer son lit avec une corde. C'était un garçon tranquille, très jeune, parent de mademoiselle Maragda, qui passait les matinées sur la plage, couché sur le dos, et qui s'enfermait l'après-midi parce qu'il étudiait pour devenir avocat. Les patins, pour eux, c'était par toquades. Ils s'en lassaient vite.

— Pourquoi me le demandez-vous ?

— Parce que ce matin il allait prendre Llucifer et comme je pensais que c'était un employé je lui ai dit de me faire le plaisir de ne pas toucher aux chevaux. Il est parti sans rien dire et, un peu plus tard, Monsieur est arrivé et m'a dit de tâcher de ne pas être mal élevé avec ses amis. Vous ne croyez pas que je ferais mieux d'attendre ?

Comme je ne savais que répondre, je lui ai dit

que oui.

Vers le soir, alors que je commençais à me demander ce que j'allais préparer pour mon dîner, je suis tombé sur monsieur Bellom, debout devant ma porte.

— J'avais envie de bavarder avec vous, m'a-t-il dit.

Je l'ai fait entrer. Quand il a vu la salle à manger tapissée, il a ri.

— Je me souviens encore du jour où vous avez acheté ce papier et que je vous ai accompagné en voiture.

Je lui ai demandé s'il voulait une tasse de café.

— Du café, dites-vous ? Non, non, merci. Quand j'étais jeune, j'en buvais des bonbonnes. Mais maintenant… Attention, Bellom ! Vous n'avez jamais regardé votre ombre ? Quand j'avais vingt ans et que je marchais dans la rue, si le soleil plaquait mon ombre sur le mur, je marchais en la regardant et je disais : Tu es Bellom, tu es Bellom, tu es Bellom. Un truc qui me passait par la tête. Et maintenant, avec le café, je dis : Attention, Bellom ; attention Bellom. Si je buvais du café maintenant, et d'une : ça m'ôterait l'envie de dîner. Et de deux : je passerais la nuit à faire des bonds. Je veux dîner de bon appétit et je veux dormir à poings fermés. Merci.

Et il m'a regardé.

Quand il m'a eu assez regardé, il a pris un panier plein de bulbes qui était sur une chaise et l'a posé par terre.

— Excusez si je m'assois.

C'était une vieille chaise, avec une patte à moitié cassée. J'étais sur le point de lui dire de faire attention mais il s'est penché en avant, a posé les mains à plat sur la table et, levant la tête, il a dit :

— Je suis préoccupé.

— Vous ?

— Moi. Ma fille veut s'en aller. Elle dit qu'elle veut

faire un long voyage… C'est une idiotie. Ici, on est au paradis. Ce village est riant. La mer a l'air faite sur mesure. On peut aller à Barcelone comme qui dirait en cinq minutes. Et elle veut s'en aller.

— Laissez-la partir.

Il m'a regardé comme s'il ne m'avait jamais vu.

— Moi, les conseils… Mais venons-en au fait. Eugeni ne veut pas bouger. Eugeni ne veut pas s'en aller. Vous savez quoi ? Je crois que ma fille n'est pas bien, ici. C'est une brave fille… Mais il y a quelque chose. Au début, elle était enthousiaste ; la mer, les chevaux… Tout lui paraissait bien. Écoutez, parlons franchement. Qu'est-ce qui se passe entre vos patrons ?

Je lui ai dit que c'était difficile à expliquer, parce que ça commençait à être difficile à comprendre.

— Oui, oui, bien sûr… Mais n'ayez aucune crainte. Il y a un malaise, non ? Il me semble que tout le monde s'en rend compte.

— Vous ne connaissez guère les gens de cette maison. Ils sont un peu… Je ne sais comment dire… Mais bientôt Eugeni aura envie de faire ses valises et ils iront se distraire, avec votre fille. Tout ça, c'est trop d'argent… Ne le prenez pas mal. Vous vous faites du mauvais sang pour rien, croyez-moi.

— Vous savez que vous avez plus de tête que ce que je pensais ?

— Quand j'étais petit, je m'asseyais devant une fleur et j'attendais qu'elle s'ouvre.

Il a frappé deux ou trois fois sur la table avec les mains à plat.

— Très bien, très bien… Et, en se levant, il a ajouté : Je suis un peu plus remonté. Je commence à voir les choses d'une autre façon… Je reviendrai plus tranquillement et on parlera un peu de tout. Très bien, vous m'entendez ? Fichtrement bien.

Je l'ai accompagné jusqu'au mirador. J'avais une main dans la poche et je tenais la pièce porte-bonheur qu'Eugeni m'avait donnée. Il a enjambé les buis et, avant de partir, il m'a dit :

— J'ai vu que vous avez planté des iris d'Allemagne.

— Non, ce sont des glaïeuls.

Nous avons ri, bien que ni lui ni moi n'en ayons vraiment envie. C'était peut-être vrai, qu'il commençait à voir les choses d'une autre façon, mais il n'y voyait pas encore clair. Moi oui.

Toni m'attendait devant chez moi.

— Qu'est-ce qu'il voulait, monsieur Bellom ?

Il devait penser que nous avions un sujet de conversation pour toute la soirée.

— La lune, lui ai-je dit.

Et je ne l'ai pas laissé entrer.

Il était tellement jaune qu'il faisait peine à voir. Il est entré comme si cela faisait des heures qu'il était là… Je ne sais pas comment dire… Comme si, au lieu d'arriver, il était seulement sorti un instant pour voir le temps qu'il faisait, et revenait. Le jour pointait et je venais de m'habiller. Il a commencé à regarder autour de lui sans rien dire. Finalement, tout en suivant du doigt le dessin d'un tournesol, il m'a dit :

— Qu'est-ce que vous faites là, si tranquille ?

Je le regardais. Il s'est assis en face de moi et a tiré sa chaise en avant pour se rapprocher. Il m'a attrapé par les épaules. Je sentais l'odeur de tabac dans son haleine ; et je percevais aussi une odeur qui venait de son corps, une odeur de fièvre.

— Je peux vous demander une faveur ?

— C'est une faveur qu'on peut faire ?

— Oui, c'est une faveur qu'on peut faire.

Il a lâché mes épaules, il s'est levé et il a commencé à frapper la paume d'une de ses mains avec l'autre poing. Il m'a tourné le dos.

— Je voudrais…

Il s'est approché de la porte, a regardé dehors pendant un moment et s'est retourné vers moi.

— Ne riez pas, vous m'entendez ? Je vous demande seulement de ne pas rire… Ne me répondez pas, si vous ne voulez pas. Faites comme si vous ne m'aviez pas entendu. Mais ne riez pas.

— Je ne rirai pas, lui ai-je dit.

— Le problème, c'est que vous ne me connaissez pas.

Il s'excitait peu à peu et ses yeux se creusaient. Il a eu beaucoup de mal à dire qu'il voulait parler à Madame, chez moi, un instant.

— Juste un instant. Juste le temps de dire deux mots…

Quand je lui ai dit que oui, il m'a serré si fort dans ses bras que j'avais l'impression d'être pris dans un cercle de fer. Et il a commencé à parler, à parler… Des escargots, de la radio ; et à dire que c'était mal de la cacher comme ça. Et il riait sans raison. Quand il est parti, il m'a donné un coup dans le dos, tellement fort qu'il m'a fait vaciller.

— Je fais ça pour voir si vous éclatez.

Il a tardé trois jours à revenir. Il avait les nerfs à fleur de peau.

— Dès qu'elle entrera, allez-vous-en…

Je lui ai dit que s'il voulait je pouvais partir avant et il a réfléchi un instant et m'a dit que non. C'était presque minuit. J'ai allumé le réchaud à esprit-de-vin et j'ai fait du café, parce que je ne savais que lui offrir. Il m'a dit qu'il n'en voulait pas au moment où je le versais dans la tasse, et pourtant, quand je lui avais dit que j'allais en faire il m'avait dit oui. Il était assis sur une chaise ; tantôt les coudes sur les genoux et la tête entre les mains et tantôt les poings fermés sur les cuisses. Au moindre bruissement du vent dans les feuilles, il levait la tête comme si on la lui tirait d'en haut.

— À quelle heure est-ce qu'elle va venir ?

— À deux heures.

— À deux heures ? Il n'est même pas une heure…

— Parlons, a-t-il dit.

Je lui ai dit que Fletxa était très content quand je lui donnais des carottes et que nous étions devenus bons amis, mais que je ne l'aimais pas. Trop hautain.

— La seule bête que j'aie vraiment aimée, c'est un lion ; un lionceau.

Je lui ai dit que quelques années plus tôt nous avions eu un lion dans une cage et qu'il avait griffé Miranda.

Il ne m'écoutait pas. Il écoutait seulement ce qui se passait dehors. Je lui ai demandé s'il voulait qu'on sorte un moment.

— Oui. Mais on ne s'éloigne pas d'ici.

Nous sommes sortis et je lui ai dit que nous pouvions aller nous promener sur l'allée de tilleuls, qu'elle arriverait par là, qu'elle n'oserait sûrement pas venir par la maison de verre, parce qu'elle devrait passer devant l'écurie et devant chez Toni. Il n'a pas voulu. La nuit sentait le chèvrefeuille. Soudain, il m'a serré le bras et quand il l'a lâché il m'a dit qu'il avait cru voir une ombre. Et le rossignol a entonné son chant de façon désespérée. Il était presque deux heures.

— Elle doit être en train de descendre.

Il regardait sans cesse sa montre. Il la portait à son oreille pour vérifier qu'elle marchait.

— Avant, quand on disait qu'on se verrait à telle heure… Elle doit descendre, là. Vous vous en allez et quand elle sera partie je viendrai vous chercher. On se retrouvera au mirador.

Ce qui est arrivé, c'est trois heures. Puis quatre heures. Et une frange de lumière a commencé à apparaître dans le ciel. À cinq heures, il m'a quitté comme si on venait de le sortir d'un cimetière.

J'ai pensé qu'il reviendrait à un moment ou à un autre, mais il n'est jamais revenu. L'été arrivait à sa fin et monsieur Bellom a donné une autre fête. Je ne sais pas pourquoi. « Pour entretenir l'amitié », disaient-ils. Ils ont fait de grands préparatifs. Tonte de l'herbe. Ils ont planté en hâte quelques plantes vertes, pour garnir. Josep se promenait toute la journée avec un livre qui parlait de fleurs et de plantes et passait ses nuits à l'étudier, avec son fils. Je lui ai dit qu'il ferait mieux de le jeter et, au lieu d'aller se coucher si tard, il lui serait plus profitable de se lever de bon matin et de regarder les fleurs pour de vrai.

Les jasmins de Valence n'avaient pas cessé de fleurir depuis mai ; ils faisaient de belles fleurs blanches, mais le vert de leur feuillage était un peu brûlé. Ils ont planté des bougainvilliers, jeunes et gras, tout fleuris d'une sorte de couleur de feu du ciel. Un des cyprès avait mauvaise mine. L'hiver ne lui avait pas réussi. Et les pucerons s'étaient déjà logés dans les rosiers rampants qu'ils avaient plantés là où avant il y avait les iris d'Allemagne. La veille de la fête, monsieur Francesc m'a fait couper tous les glaïeuls de chez nous et m'a dit de les apporter chez monsieur Bellom, parce qu'ils manquaient de fleurs. Une semaine plus tôt, madame Rosamaria et mademoiselle Eulàlia étaient allées à Barcelone pour s'acheter des robes. Ils ont dit qu'ils ne tireraient pas de feu d'artifice, parce qu'il y aurait beaucoup de dames âgées et ils craignaient qu'elles soient effrayées par la pétarade. Mais qu'il y aurait beaucoup de musique pour les jeunes et beaucoup de boisson pour les messieurs.

Je suis allé à l'entrée voir l'arrivée des voitures. Ce qu'il y avait de mieux, remplies de dames parées de bijoux et de riches messieurs. Je souffrais en pensant aux glaïeuls et à leur triste fin : tous les massifs avaient été rasés. Mais c'est celui qui paie qui commande.

Quand j'ai eu l'impression que le flot s'était tari, je suis rentré dîner. Ensuite, je suis allé jusqu'au mirador et, tandis que j'espionnais les gens qui dansaient, j'ai entendu des pas et j'ai failli tomber à la renverse. Madame était à côté de moi.

— Vous n'allez pas danser ?

Elle m'a dit qu'elle ne se sentait pas bien, que son mari l'avait excusée.

— Monsieur Bellom comprendra. Un de moins, parmi tout ce monde…

Elle a ri un peu et m'a dit qu'avant que je coupe les glaïeuls, elle était allée les regarder ; et que son mari était très content d'avoir pu rendre service à monsieur Bellom.

— Mais vous, vous n'avez pas dû être content. Ils étaient magnifiques.

Nous sommes restés un moment silencieux et finalement elle a dit qu'il y avait trop d'humidité. Elle s'est penchée pour regarder la mer, qu'on voyait à peine, à cause de la lumière. Et comme la mer était calme je lui ai dit que la lune l'endormait. Et nous sommes partis chacun de notre côté. Chez moi, j'ai sorti la radio, je l'ai mise près de mon lit et je me suis distrait jusqu'à une heure.

— Aujourd'hui il va y avoir du pétard.

C'était Mariona, qui était allée balayer le mirador et qui venait me dire bonjour. J'étais en train de prendre mon petit déjeuner.

— Il s'est passé quelque chose hier, à la fête ?

— Je ne sais pas. Mais cette nuit la barque rouge a dû se détacher. Elle est au milieu de la mer, comme un sabot.

— Tu le leur as dit ?

— Pensez-vous. Pour qu'ils s'imaginent que c'est moi qui l'ai détachée ! Miranda, qui a passé la nuit à servir, raconte que les invités sont repartis chargés de glaïeuls. Ils se servaient dans les vases. Vous n'auriez pas dû accepter qu'on vous les prenne.

— Ils m'ont dit que je devais tous les couper. Si tu crois que ça ne me fait pas de peine…

Feliu et l'homme des patins sont allés chercher la barque avec le canot à moteur. Ils l'ont prise en remorque. Ce n'est que vers le soir qu'on a commencé à dire qu'Eugeni avait disparu. Chacun y allait de son commentaire. Personne n'est tombé juste. Mademoiselle Maragda disait qu'il avait certainement voulu leur faire une farce et que quand ils ne s'y attendraient pas il réapparaîtrait. Monsieur Bellom allait de sa villa à la nôtre comme une âme en peine et à ce qu'il paraît Maribel était couchée à plat ventre sur son lit, pleurant sans cesse.

Le soir, ils sont allés chez Monsieur et Madame, pour ne pas être seuls.

— S'il était arrivé un malheur, on le saurait… disait monsieur Bellom.

— Calmez-vous, lui a dit monsieur Francesc. Hier, il a dû se lasser de la fête et il est sans doute allé dans un village des environs. Il est sûrement en train de dormir dans une auberge.

Ils étaient tous assis dans la salle à manger et Mariona leur servait du café. Monsieur Bellom a mis une main devant sa bouche et s'est pincé la lèvre de plus en plus fort.

— S'il était en train de dormir dans une auberge… problème résolu. Mais la voiture est dans le garage… Et pourquoi pensez-vous qu'il doit être en train de dormir dans une auberge ?

— Je ne sais pas…

Ensuite, Mariona m'a dit que madame Rosamaria était calme. Elle l'avait entendue dire à mademoiselle Maragda :

— Qu'ils fassent ce qu'ils veulent… Autant qu'ils sont… J'ai la peau dure, maintenant.

Finalement, monsieur Bellom en a eu assez d'attendre et a dit qu'il faudrait appeler la police. Monsieur était d'avis de ne rien faire encore et l'a à moitié convaincu en lui disant que les mauvaises nouvelles circulent vite. Et monsieur Bellom faisait oui, oui de la tête. Il s'est levé d'un coup :

— Ce n'est pas bien, ça ! Ce n'est pas bien du tout ! C'est très mal !

Ils lui ont fait boire du cognac. Sa fille s'était à moitié endormie dans son fauteuil. Au bout de deux ou trois heures, ils ont commencé à trouver que peut-être, en effet, ils auraient mieux fait de prévenir la police, parce que la situation commençait à devenir alarmante. Mais ils n'ont rien fait.

Et le lendemain ils l'ont trouvé, Eugeni. Pas très loin. Sur la plage. Le visage démoli, parce que les vagues l'avaient projeté toute la nuit contre les rochers. Je suis allé le voir, étendu sur le sable, avant qu'on l'emporte, et j'ai enlevé ma casquette et j'ai fait le signe de la croix.

Ils l'ont enterré dans le cimetière du village, comme un chrétien, parce qu'ils ont dit qu'il était mort accidentellement.

— Vous y croyez, vous, qu'il est mort accidentellement ? m'a demandé Quima. Non, hein ? Eh bien moi non plus. Il nageait comme une anguille…

Mais c'était une chose entendue, il était mort accidentellement, et ils l'ont emmené au cimetière en procession, au milieu des pieds de fenouil, avec un prêtre et une croix portée. Le deuil qu'il y a eu chez monsieur Bellom, on ne peut pas le décrire avec des mots. Pendant trois ou quatre jours, nous ne les avons pas vus. Mais avant la fin de la semaine, monsieur Bellom est venu me voir, totalement abattu. Il s'est assis sur le fauteuil à bascule et je n'ai rien osé lui dire. Il a commencé à se balancer doucement et il est resté là une demi-heure, comme s'il n'appartenait pas à ce monde, et quand il s'est mis à parler, de fil en aiguille, il m'a dit qu'il avait peur ; ce n'était pas vraiment sûr, mais il semblait que Maribel était enceinte. C'est alors qu'il a commencé à boire beaucoup. Moi, de temps en temps, je voyais Maribel sur le chemin du cimetière.

Monsieur et Madame sont partis pour Barcelone et mademoiselle Eulàlia pour New York, pour son exposition. Avant de partir, monsieur Francesc est venu me voir et m'a dit de démolir la barque rouge à la hache et de la brûler.

L'hiver a été doux. Toni avait son fils chez lui, parce qu'il s'était finalement décidé à le demander. C'était un garçon qui ne me plaisait pas du tout, du genre qui a toujours l'air de préparer un coup en traître. Un dimanche, Quima, en m'apportant mon linge propre, m'a dit que monsieur Bellom errait parfois dans le village en faisant des S, qu'il s'enivrait à can Bergadans et que c'était une honte. Après avoir beaucoup réfléchi, je suis allé voir Bergadans et je lui ai dit de ralentir.

— Qu'est-ce que ça veut dire, que je ralentisse ?

Je lui ai dit que ça voulait dire que quand il voyait que ça lui montait à la tête, il cesse de le servir. Mais lui, il m'a répondu, et il n'avait pas tort :

— Ça, c'est se mêler de la vie privée des autres et puis, qu'on le veuille ou non, monsieur Bellom c'est monsieur Bellom. Vous oseriez lui dire, vous, que vous ne voulez plus le servir ? Pas moi. S'il ne boit pas ici, il boira chez lui, et ça sera pire. Ici, il s'amuse un peu.

Parfois, mine de rien, j'attendais qu'il sorte de can Bergadans et je l'accompagnais. Il se laissait mener comme un enfant et nous nous entendions très bien. Il tenait compte de tout ce que je lui disais. Un soir, au moment d'entrer chez lui, il m'a serré la main et il m'a dit : « Je suis seul. » Et il est parti, la tête un peu basse. Mais j'avais un poids sur le cœur et, un jour où il m'a paru assez serein, je lui ai demandé :

— Vous savez si Eugeni est allé voir ses parents, quand il était là ?

Il m'a regardé, un peu surpris.

— Ses parents ? Ils sont où, ses parents ?

Je lui ai dit qu'ils étaient venus l'été passé, peu avant qu'ils arrivent, lui et Maribel, et que Monsieur et Madame n'étaient pas là et que du coup ils avaient passé tout l'après-midi avec moi. Ils voulaient parler avec madame Rosamaria parce qu'ils n'avaient aucune nouvelle de leur fils.

— Vous vous rappelez, le jour où j'ai acheté le papier avec les tournesols ? Ils étaient venus la veille. Le jour de l'Assomption de la Vierge Marie.

Nous étions devant son portail et il m'a fait entrer. Le jardin faisait un peu de peine à voir et j'ai pensé que Josep ne se donnait pas grand mal. Il m'a conduit dans une très grande pièce avec un mur plein de vitres, face à la mer. Il est resté un moment sans rien dire, se promenant de long en large. En très peu de temps, il avait beaucoup changé ; son visage était devenu rouge et il avait un mauvais éclat dans les yeux, sous la barre des sourcils.

Brusquement, il s'est mis à parler :

— C'est curieux... Avec Eugeni, on ne se ressemblait pas beaucoup, mais il avait des choses de moi. Pas beaucoup, mais il en avait. Quand je pense à lui, je me vois un peu quand j'étais jeune. Un peu en réduction, bien sûr, parce que moi je mordais, et fort... Moi aussi, je suis parti de chez moi. Pas pour faire des bêtises, comme lui... Je connais parfaitement l'histoire... Les gens ne peuvent pas s'empêcher de bavarder... Moi, j'ai abouti en Argentine. Ma mère était devenue veuve très jeune et elle avait dû s'engager comme domestique. Et elle m'a placé comme apprenti boulanger. Tout aurait peut-être été différent si elle ne s'était pas remariée. À l'heure qu'il est, j'aurais peut-être une boulangerie à Gràcia.

Il respirait fort, à petits coups, comme si l'air lui manquait. Parfois, les mots peinaient à sortir. Il s'était planté devant les vitres et regardait la mer. Comme si je n'étais pas là.

— Mais elle s'est mariée avec un épicier, une vraie brute, et ils m'ont retiré du fournil et m'ont fait faire le commis à l'épicerie. Je passais mes journées à livrer des paquets de denrées, à décharger des sacs de haricots et de pommes de terre, mangeant peu, dormant encore moins, et recevant des coups à toute heure. Jusqu'au moment où j'en ai eu assez, et ma mère aussi.

Je ne comprenais pas ce qui lui arrivait, ni pourquoi il me racontait tout ça. J'ai pensé : « Si Quima l'entendait ! » Mais je sentais une sorte de gêne. On aurait dit qu'il parlait tout seul et que je l'écoutais derrière une porte.

— C'est ma mère qui m'a conseillé de partir. Elle m'a dit que je serais mieux à n'importe quel autre endroit qu'à la maison. Lui, il ne voulait pas et les discussions ont duré longtemps, avec beaucoup de disputes et de mauvais moments, mais à la fin il a dit qu'on fasse comme on voulait et même, il m'a recommandé à des amis à lui, des Catalans qui avaient une crémerie à Buenos Aires. Quand je suis arrivé là, avec un petit balluchon à l'épaule et trois pesetas en poche, Dieu sait où ils étaient, ces Catalans. Je me suis retrouvé tout seul, avec mon balluchon et mes trois pesetas, au milieu de la rue, sous un réverbère. Il vaut mieux que je ne vous raconte pas comment je m'en suis tiré. Je me suis retrouvé dans une hacienda où il y avait beaucoup de chevaux. Je nettoyais les écuries. Vous aimez ça, vous ?

Il s'est retourné quand je ne m'y attendais pas et il est venu droit sur moi.

— Asseyez-vous.

Je me suis assis dans un fauteuil blond avec une grande tache blanche au milieu du dossier. « Le fauteuil de la vache », ai-je pensé. Il est resté debout devant moi.

— Vous savez pourquoi j'ai de la sympathie pour vous ? C'est venu le premier jour où je vous ai vu. Vous ne vous en souvenez même pas. Cela fait des années. C'était quand je cherchais un terrain pour construire la villa. Eugeni m'avait dit d'acheter ici, qu'il y avait des amis. Le jour où je suis venu prendre des photos, vous étiez devant la grille et vous regardiez des fleurs. Vous avez mis un bon moment à vous apercevoir que j'étais à côté de vous. Vous étiez tellement absorbé en les regardant que j'ai tout de suite pensé : c'est un brave homme.

Je m'en souvenais très bien, moi, du premier jour où je l'avais vu. Mais je n'ai rien dit. Il a recommencé à marcher de long en large.

— Moi, je ne suis pas comme vous... Je n'aurais pas pu rester longtemps au service de gens riches... J'aurais mis le feu à la maison, que sais-je. Ici, les gens pensent que je suis un homme faible... À la cuisine où on préparait à manger pour tous les travailleurs, il y avait une femme noire qui s'appelait Lilit. Je suis devenu son amoureux. C'était un ange de bonté et je suis tombé follement amoureux d'elle. Vous ne me croyez pas, n'est-ce pas ? Elle est morte piétinée par un cheval. J'ai été épouvanté et pendant longtemps je n'ai vécu que pour le travail. Dans la maison, il y avait une petite fille, la fille du maître, très mignonne, qui apprenait à jouer du piano et à chanter. Son père était un homme qui inspirait de la crainte. Grand comme un chêne. Il avait fait fortune à coups de trique. Dans sa jeunesse, il avait manié le couteau. Il a eu vite fait de me faire sortir de l'écurie et de m'envoyer mener les chevaux à la pâture. Je ne sais pas pourquoi il avait mis sa confiance en moi. Bien des fois, j'ai pensé qu'à ce moment-là il avait déjà décidé de me marier à sa fille. Entretemps, elle grandissait ; gentiment ; c'était une vraie poupée de porcelaine et elle portait toujours un ruban de satin blanc en haut de la tête. Moi, j'étais un solide gaillard et plutôt bel homme. Finalement, sûrement pour provoquer quelque chose, son père m'a demandé si je voulais bien l'accompagner quand elle sortait se promener à cheval. Je lui ai dit que c'était bien volontiers. Et, de promenade en promenade, je me suis retrouvé marié. Ça m'a pris plus longtemps qu'à Eugeni, mais en fin de compte ça n'a servi à rien. Quand son père est mort, il est apparu qu'il était couvert de dettes. Avec ce que j'ai pu carotter à ceux qui réclamaient, je suis parti pour Cuba.

Je n'osais pas respirer. Je craignais, avec les contrariétés et la boisson, qu'il ait un peu perdu la boule. J'ai eu envie de m'enfuir. Il s'est arrêté près de la porte, comme s'il ne savait que faire, et il est revenu en traînant un fauteuil.

— Je suis resté toute une nuit à me demander si j'allais la laisser en Argentine, ou pas. Sans rien lui dire, évidemment. Et je ne sais toujours pas pourquoi, mais je l'ai emmenée. Elle ne portait plus de ruban dans les cheveux, elle ne faisait plus bâiller les visiteurs en jouant du piano. Elle couchait avec tous mes amis et connaissances. Tout le cinéma que j'ai pu en faire après, à parler d'elle ! Et tenez-vous bien : elle s'appelait Zoila ! À Cuba, je n'y suis pas allé par quatre chemins. J'ai fait plier beaucoup de gens et j'ai rapidement fait fortune. Maribel a beaucoup tardé à venir. Madame Bellom, qui n'était plus de la première jeunesse et qui avait les os assez durs, est morte en couches. Et pour dire les choses comme elles sont, j'ai pleuré comme un gosse.

Il s'est pincé les lèvres plusieurs fois, d'une main calme, et il a ajouté :

— Maribel, c'est la prunelle de mes yeux. Je l'ai laissée se marier avec Eugeni parce que j'ai compris que si je disais non j'avais tout à perdre. Eugeni ! Sur le moment, il m'a attendri. Mais après… Le nombre de fois où, sans elle, je lui aurais démoli la figure à coups de baffes…

Il se faisait tard et si on m'avait piqué on ne m'aurait pas tiré une goutte de sang. D'un seul coup, il a eu l'air de se réveiller.

— Et c'est venu comment, que je vous parle de

tout ça ?

J'allais dire n'importe quoi, mais il m'a coupé :

— Oui, je sais, les parents... Ma mère est morte. Quand je l'ai appris, cela faisait déjà dix ans. Si vous me demandiez pourquoi je ne lui ai jamais écrit, je ne saurais que vous répondre. Mystère. Mais je vous jure que je l'aimais beaucoup.

Il s'est mis debout.

— Vous savez quoi ? L'envie m'est venue de m'occuper des parents d'Eugeni. D'après ce que j'ai compris, ce sont de pauvres gens. Vous devez savoir où ils habitent.

Je lui ai expliqué qu'ils m'avaient dit le nom de la rue et que, sachant le nom de la rue, ce serait très facile de les trouver.

— Si je vous le demandais, vous accepteriez d'aller les voir de ma part ?

Je lui ai dit que oui. Il m'a pris par le bras et il m'a accompagné jusqu'à la porte.

— Allez-vous-en, il est tard. Demain, j'irai vous voir et on finira de parler.

En sortant, j'ai vu les fameuses peintures aux pantins épouvantails et j'ai failli mourir de rire.

Il est venu le lendemain à la fin de l'après-midi et il m'a surpris la radio allumée.

— Cette radio était à Eugeni.

— Il m'en a fait cadeau.

— Vous savez que c'est la première chose qu'il a achetée en Amérique ? J'avais bien remarqué que vous étiez amis, avec Eugeni. Ne croyez pas que je vis sur la lune... Tenez.

Il a posé une grosse enveloppe sur la table.

— Pour le moment, vous leur donnez cet argent.

Dites-leur que je leur en ferai parvenir chaque mois.

Il m'a demandé comment je comptais aller à Barcelone. Je lui ai dit que je prendrais le premier train.

— Allez-y avec ma voiture. Toni vous conduira.

En arrivant au carrer Ríos Rosas, nous avons commencé par les petits numéros. À la moitié de la rue, une dame chargée de paniers nous a montré la maison. Je suis descendu de voiture et j'ai dit à Toni de vaquer à ses affaires et de revenir me chercher deux heures plus tard.

C'était une petite maison à un étage, étroite, avec une petite grille terminée par des lances, devant la porte en bois. De chaque côté, il y avait une fenêtre et sur l'appui de chaque fenêtre des pots avec des géraniums cattleyas et des plants d'asperges plutôt poussiéreux. La peinture du mur était décolorée et le crépi formait des poches ; celles qui avaient crevé laissaient voir les briques à nu.

J'ai frappé et ils ont tardé un moment à venir ouvrir. Brusquement, la porte s'est ouverte de quelques centimètres et, par la fente, j'ai entendu la voix de monsieur Andreu.

— Vous désirez ?

Il ne me reconnaissait pas. Je lui ai dit que j'étais le jardinier des Bohigues. Alors, la porte s'est ouverte en grand et je l'ai vu. Il avait un trousseau de clefs à la main et il ne trouvait pas celle de la grille.

— Un moment, s'il vous plaît, un moment… Ces clefs… C'est toujours celle qu'on cherche qui se cache.

Finalement, il a réussi à ouvrir et il m'a fait entrer. L'homme se répandait en bonnes paroles. Dans le vestibule, il y avait un porte-parapluies de laiton noirci, au miroir terni, qui ressemblait à celui qu'il y avait à la maison quand j'étais petit et que j'avais une croix au palais. Nous nous sommes enfoncés dans un couloir étroit, avec quelques carreaux branlants.

— Paulina ! Paulina ! Quelle joie... De chez les Bohigues. Une visite...

Une très grosse dame était assise à côté de madame Paulina et dès qu'elle m'a vu elle s'est levée pour s'en aller. Monsieur Andreu l'a accompagnée et est revenu aussitôt.

— Nous avons beaucoup pensé à vous. Et à ce jardin... Quel après-midi ! Et au travail que nous avons donné à monsieur Bergadans...

La table de la salle à manger était ronde. D'un buffet, fermé par des portes de bois en bas et des portes vitrées en haut, s'échappaient des odeurs d'épices.

— Et comment il va, monsieur Bergadans ?

Je leur ai dit qu'il allait très bien et, même si ce n'était pas vrai, qu'il m'avait chargé de leur transmettre ses meilleurs souvenirs. Monsieur Andreu m'a demandé des nouvelles de madame Rosamaria. Madame Paulina, pas un mot. Je leur ai dit qu'ils avaient passé un bon été, que le jardin avait terminé la saison avec une profusion de fleurs.

Madame Paulina a levé la tête.

— Il descend, a-t-elle dit.

Le silence s'est fait. Quelqu'un descendait l'escalier qui menait à l'étage.

— Ne lui parle pas du fil que tu as dû accrocher. Fais mine de rien.

— Monsieur Maurici ! a crié monsieur Andreu. Monsieur Maurici !

Un monsieur de plus de cinquante ans est entré dans la salle à manger, ni grand ni petit, le visage rasé, avec des cheveux noirs, comme s'ils étaient teints ou qu'il portait une perruque. Il était bien habillé : un pantalon très bien repassé, une veste croisée, le tout couleur gris clair, et les revers pleins de taches. Une canne. Une canne de bois sombre avec une virole à moitié usée.

Quand il a vu que monsieur Maurici me regardait, monsieur Andreu a dit en se frottant les mains :

— C'est le monsieur du jardin. Vous vous rappelez que nous en avons parlé ? Et à moi, il m'a dit : Monsieur Maurici.

Nous nous sommes serré la main, mais monsieur Maurici regardait madame Paulina.

— Les bougies que j'ai rangées dans la table de nuit sont comptées, et de plus je les ai notées ici, a-t-il dit.

Et il a tapé sur la poche de sa veste.

— Soyez tranquille, ne vous en faites pas, l'a coupé monsieur Andreu. Et, s'adressant à moi : C'est un grand artiste.

— Je le dis seulement pour que vous le sachiez. Pas tant que ça, pas tant que ça…

Il a frappé le sol deux ou trois fois de la pointe de sa canne et a fait mine de s'en aller. Monsieur Andreu l'a arrêté.

— Vous savez ce qui me ferait plaisir ? Que ce monsieur puisse voir un des tours que vous faites. Et se tournant face à moi, il a ajouté : Vous ne vous en doutez pas, mais on se l'arrache, pour qu'il présente ses tours. Si ce n'est pas trop tard, monsieur Maurici, j'aimerais que vous en fassiez un. Hein, Paulina ?

Madame Paulina ne disait rien. Elle était assise devant la porte vitrée, très droite et le visage complètement fermé.

— Il est un peu tard… Mais si vous voulez je vais vous faire celui des mouchoirs.

— Non, lui a répondu monsieur Andreu, il est joli, mais il y a beaucoup de gens qui savent le faire. Il m'a regardé en riant et m'a dit : Il se met des mouchoirs de soie rouge dans une oreille et les ressort par l'autre. Autant qu'on veut.

Ensuite, se retournant vers monsieur Maurici, il lui a demandé de faire celui de l'anneau et de la canne.

Monsieur Maurici a retiré une alliance et me l'a donnée.

— Regardez-la bien. Elle est en or et elle n'est pas fendue.

Il m'a tendu sa canne par le bout de la virole.

— Mettez l'anneau sur la canne. Vous avez un mouchoir propre ?

Je lui ai donné un mouchoir et il m'a dit de prendre la canne par l'extrémité.

— Regardez bien. L'anneau ne peut pas sortir par mon côté, parce qu'il ne passe pas. S'il doit sortir par un endroit, il faut que ce soit par le bout que vous tenez. Monsieur Andreu, voulez-vous avoir l'amabilité de placer le mouchoir sur l'anneau ?

Monsieur Andreu a posé le mouchoir comme monsieur Maurici le demandait. Au bout d'un instant, celui-ci a dit qu'il pouvait le retirer. L'anneau avait disparu.

— Qu'est-ce que vous dites de ça ?

Je ne sais pas comment, je me suis retrouvé avec monsieur Maurici tout près de moi. Il a tendu le bras vers mon oreille et, l'air fâché, il a dit :

— Vous, on ferait mieux de vous surveiller… Monsieur Andreu, il va falloir surveiller ce monsieur de près. Regardez où il avait caché mon alliance.

Et il a tiré l'anneau de derrière mon oreille.

Alors, madame Paulina a mis son grain de sel.

— Vous êtes peut-être un peu vieux pour ça…

Monsieur Maurici a dit au revoir en toute hâte et il

est parti.

— Ce n'était pas la peine d'intervenir.

Elle a fait son truc avec le nez.

— Tu ferais mieux de montrer la maison. Et, me regardant en face, elle a ajouté : Mon mari fait des politesses à monsieur Maurici, un homme que nous devrions plutôt mettre dehors aujourd'hui même.

— Ne faites pas attention ; elle exagère toujours.

— Je n'exagère pas du tout. Ce serait long à expliquer… Parmi toutes les choses que nous fait ce monsieur, il y en a une qui est vraiment insupportable : la nuit, il nous coupe les fils de l'électricité. Nous lui avons loué deux pièces : celles de devant. Il a deux balcons sur la rue. Nous, on est à l'arrière.

— Nous avons gardé les pièces de derrière à cause du soleil. Rappelle-toi. Celles de devant sont glaciales, on s'en plaignait beaucoup, au début.

— Il a deux balcons sur la rue. Il paie moins cher que ce qu'il paierait ailleurs parce que mon mari est trop bon.

— Tu vas finir par lui faire croire que monsieur Maurici profite de nous. On l'a déjà augmenté deux fois.

— Et chaque fois ça l'a mis en rage et chaque fois il a inventé quelque chose pour nous mortifier. Un jour, je lui ai reproché de dépenser trop d'électricité. C'est que, voyez-vous, il arrive tard de ses théâtres et il n'est pas à une heure près pour se mettre au lit. Il se met à faire ses études et à repasser son pantalon à deux heures du matin. Il a une pièce pour ses attrapes, remplie de bazar… Jusqu'au jour où j'ai fermé le compteur. Je l'ai entendu monter sur la pointe des pieds, se cognant partout. Mais le lendemain il a dû comprendre et avant de monter il l'a rouvert.

— Il ne pouvait pas se mettre au lit dans le noir…

— Je lui avais acheté une bougie.

— Non, la bougie, c'est moi qui l'ai achetée.

— Je lui ai dit que je couperais l'électricité tous les soirs à dix heures et qu'il ne la remette pas.

— Et après, comme elle a commencé à l'asticoter avec les bougies, maintenant il se les achète lui-même.

— J'ai envoyé Andreu demander à la compagnie l'autorisation de commander une petite boîte pour le compteur, qu'on puisse fermer à clef. Heureusement, nous sommes amis avec le monsieur qui relève les compteurs. Nous avons fait faire la boîte et quand monsieur Maurici est arrivé il n'a pas pu faire son tour de passe-passe. Et depuis lors, de temps en temps, il nous coupe les fils. Quand il pense que nous dormons profondément, il sort de sa chambre…

Monsieur Andreu m'a pris par le bras et m'a dit :

— Venez, je vais vous montrer les plantes.

Il a ouvert la porte vitrée et m'a laissé passer.

— Ne croyez rien de ce qu'elle vous a dit. Il m'a serré le bras : Il faut la laisser tranquille. C'est elle qui coupe les fils. Avant, il n'y en avait que pour monsieur Maurici. Elle parlait de lui du matin au soir, à tout le monde. Elle disait que c'était une chance inespérée. Un homme si bien élevé, qui ne dérangeait pas. Et il lui a mis une ampoule de 100 watts. D'un seul coup, les éloges ont cessé. Elle ne peut plus le voir en peinture. Vous l'avez vu : c'est un homme pacifique. Et pour que je me fâche avec lui, elle a commencé à faire ça, couper les fils. Elle grimpe sur les chaises et sur les tables. Je l'entends toujours, quand elle sort pour faire sa mauvaise action, Parce que j'ai le sommeil léger. Un jour, elle va se tuer. Elle veut que je le mette dehors.

Nous étions presque au milieu du jardin, coincé entre deux murs très hauts. Il a lâché mon bras et il s'est arrêté.

— Regardez les mandariniers, comme ils sont beaux...

Je les ai trouvés plutôt rachitiques : ils manquaient de soleil. Mais je n'ai rien dit. Il a continué.

— Maintenant elle s'est calmée, au sujet d'Eugeni. L'année dernière, quand nous sommes allés voir Rosamaria, elle était hors d'elle. Elle croyait que le garçon allait revenir d'un moment à l'autre. On aurait pu aller la voir en hiver, quand ils sont à Barcelone, mais non : il a fallu faire le voyage. Maintenant, elle vit résignée. Parfois, j'ai l'impression qu'elle ne pense plus beaucoup à lui. On n'a eu aucune nouvelle du garçon, n'est-ce pas ? Évidemment.

J'ai été sur le point de lui raconter tout ce qui s'était passé, mais il m'avait posé la question d'une voix tellement craintive que je n'ai rien osé lui dire. J'ai pensé : « Plus tard, quand on sera à l'intérieur. »

Le jardin était étroit et assez long. De la maison jusqu'à la moitié, c'était un jardin ; à partir de la moitié, un potager. Les rosiers étaient dégarnis. Ils grimpaient aux murs, des deux côtés. La terre semblait avoir reçu du fumier.

— Heureusement qu'on a ce bout de terrain. Entre ce que nous donne monsieur Maurici, ma pension, le potager et les poules... Écoutez, si jamais vous vous en souvenez, vous pourriez m'envoyer quelques graines de capucines voyageuses, dans une enveloppe ?

Je lui ai dit que je n'en avais pas, que j'étais désolé, mais que je ne pouvais pas lui en envoyer, parce que je n'en avais pas.

— Mais si, vous en avez. Au pied de la fenêtre de votre petite maison. Quand nous y sommes allés, il y avait des capucines voyageuses.

— Vous êtes distrait et vous n'avez pas dû bien regarder, lui ai-je dit.

— Oui, parfois je suis distrait, mais pas toujours. Et j'ai bien vu les clochettes. Et si là je ne suis pas distrait c'est parce que j'aime beaucoup ces clochettes bleues et j'en voudrais pour les faire fleurir sur une treille au-dessus du poulailler, en été.

— Nous voilà arrivés à la rue... La capucine voyageuse a des clochettes jaunes et vous me parlez de clochettes bleues. C'est pour ça qu'on ne se comprenait pas.

Il m'a contredit et m'a expliqué qu'il avait vu dans un livre qu'il y avait la capucine naine et que la capucine sans nom, la capucine tout court, avait des clochettes jaunes, d'un jaune foncé, mais que la capucine qu'il voulait, c'était celle à clochettes bleues, celle que plantent les garde-barrières, la capucine voyageuse. Pour ne pas me disputer avec lui, je lui ai dit qu'il avait peut-être raison.

— Retournez-vous. Vous voyez ? L'appartement à côté de la maison, celui qui a une véranda avec des vitres bleues et rouges... C'est l'appartement où habitait Rosamaria ; avec sa tante. Les terrasses se touchent et Rosamaria sautait souvent sur la nôtre pour venir jouer avec Eugeni. Vous voulez qu'on rentre ?

Nous avons trouvé madame Paulina avec une voisine. Dès qu'elle m'a vu, elle a dit :

— Vous restez pour déjeuner, n'est-ce pas ?

Je lui ai expliqué que ce n'était pas possible, parce que l'ami qui m'avait accompagné en voiture allait venir me chercher.

Monsieur Andreu m'a tiré par le bras.

— On va arranger ça. Maintenant venez voir la partie du haut.

Nous sommes montés au premier étage et il m'a fait visiter. Ensuite nous sommes montés sur la terrasse.

— Vous voyez ? Comme je vous ai dit : Tout le long de la rambarde, des bacs avec des géraniums cattleyas et des fluminentia. Si je ne les taillais pas régulièrement, ils arriveraient jusqu'en bas. Mais côté jardin, de toutes façons.

Nous nous sommes penchés pour regarder la rue et ensuite nous avons regardé le jardin. Nous n'avons pas pu nous appuyer, à cause des bacs.

— Eugeni travaillait ici.

Il a tourné la clé dans la serrure et a ouvert une porte à la peinture écaillée et brûlée par le soleil, qui a gémi sur ses gonds. Nous sommes entrés. C'était une petite pièce, avec un plafond en pente et une petite fenêtre du côté du jardin. Il y avait une petite banquette, une table de bois blanc, une chaise et quelques rayonnages vides. Une ampoule pendait à un fil électrique.

— Il était bien ici.

Sur les murs blanchis à la chaux, il y avait des taches d'humidité. J'en ai touché une et de la poussière m'est restée sur les doigts.

— C'est la pluie qui fait ça, vous savez.

J'ai à nouveau touché la tache humide et je l'ai frottée avec la paume de la main.

— Ne la touchez pas ; il vaut mieux ne pas y toucher. Ici, personne ne le dérangeait. Parce que Paulina, c'est une femme qui a toujours aimé recevoir des voisins à la maison. Surtout depuis que j'ai commencé à travailler de nuit, comme gardien dans un entrepôt ; elle se sentait seule. Moi, je dormais pendant la journée. Cette maison, c'est la maison de tout le monde. Mais sans les voisins, à votre avis, qu'est-ce que nous serions devenus, avec tous ces malheurs ?

Nous sommes ressortis sur la terrasse.

— Vous voyez, en bas, derrière le mur ? Encore une maison neuve ; ils creusent les fondations. Celle-là, c'est celle qui va nous enterrer notre jardin. Vous auriez dû venir quand il n'y avait pas encore le carrer Balmes. La Riera de Sant Gervasi… Le chemin étroit… Le bois du marquis de Casa Brusi… Quand il pleuvait beaucoup, ça dévalait dans la *riera* et avec Eugeni on allait regarder la crue. Parfois aussi avec Rosamaria. Je les tenais par la main, un de chaque côté, et nous regardions l'eau qui descendait furieusement.

Brusquement, il s'est retourné vers moi, les yeux mi-clos, comme si la lumière le blessait.

— Dites-moi. Pourquoi êtes-vous venu ?

— Il faut qu'on parle, lui ai-je dit.

Il a fait comme s'il ne m'entendait pas. Il s'est approché des lavoirs, adossés au mur de la chambre.

— Vous voyez ces lavoirs ? C'est là que Paulina baignait les enfants. Maintenant, elle dit qu'elle les baignait dans une bassine, vous vous rappelez ? Peu à peu, elle a perdu la mémoire. C'est ici qu'elle les baignait, dans ces lavoirs sur la terrasse, qu'on utilise en hiver, parce qu'on reçoit le soleil dans le dos pendant qu'on lave. Rosamaria aimait jouer avec la boue, faire des pâtés, comme ils disaient, et quand ils s'étaient bien salis, Paulina les baignait au soleil et ensuite elle renvoyait Rosamaria chez elle, en enjambant la balustrade… Vous ne voulez pas prendre un livre ?

Il m'a fait entrer à nouveau dans la chambre. Dans un coin, il y avait une malle. Il a soulevé le couvercle.

— Il y en a beaucoup qui sont déchirés. Il n'y en a pas un qui vous fait envie ? On ne va pas les garder toute notre vie.

Tandis que nous redescendions, il m'a dit :

— Si vous venez pour ce que je crois, ne le lui dites pas tout de suite. Laissez-la deviner, comme moi.

— La maison vous plaît ? m'a demandé madame Paulina en faisant son truc avec le nez. Avant, on avait de belles vues, mais maintenant... On nous enferme de tous les côtés.

Elle était debout au milieu de la salle à manger, comme si elle nous attendait.

— Vous allez rester déjeuner. Ne dites pas non, parce que c'est décidé. À quelle heure doit venir la voiture ?

Je lui ai dit pas avant une bonne heure.

— S'il veut, il peut rester lui aussi. Je suis sûre que vous n'êtes pas pressés.

Monsieur Andreu s'était arrêté près de la porte vitrée et regardait le jardin. Il avait l'air à moitié endormi.

— Tu ne lui montres pas les tiroirs ? a-t-il dit comme s'il faisait un effort.

— Venez, venez... J'attendais que mon mari vous libère.

Nous sommes entrés dans une pièce sombre. Elle a allumé la lumière. L'ampoule émettait une lumière jaune un peu maladive et avait l'air d'être sur le point de s'éteindre. J'ai tout de suite vu la commode. Une vitrine était posée dessus, avec la vierge de la Mercè, habillée de soie blanche avec des roses d'or brodées et, agenouillés à ses pieds, avec des pantalons bouffants, l'un rouge et l'autre violet, les deux esclaves. La chaîne de l'un d'eux était tombée, celle de l'autre le retenait à la jupe de la vierge. Madame Paulina a ouvert un tiroir, avec beaucoup de difficultés. Elle a dit qu'il se coinçait parce que le sol était en pente.

— Qu'est-ce que vous pensez de ce trésor ?

Le tiroir était rempli de pull-overs et de chaussettes.

Elle l'a refermé et je m'apprêtais à l'aider, parce que j'avais bien vu qu'elle n'y arriverait certainement pas. Alors, elle m'a tapé vivement sur la main en disant que si je m'en mêlais elle ne pourrait plus jamais le refermer. Elle a ouvert celui d'en dessous. Il était également plein comme un œuf.

— Les chaussettes, je les fais un peu grandes, a-t-elle dit en riant à moitié, parce que, si vous voulez que je vous dise la vérité, je ne me rappelle pas comment étaient ses pieds.

Et comme son mari, avec les mêmes mots et la même voix, elle m'a demandé :

— On n'a aucune nouvelle du garçon ?

Sans me laisser le temps de répondre, elle a ajouté :

— Andreu me dit que le garçon va bien, que s'il allait mal il nous écrirait. Moi, je n'y crois pas.

Elle est restée silencieuse pendant un instant.

— Il y a très longtemps que je n'ai pas vu mademoiselle Maragda, la modiste… Je sais qu'elle y va chaque été… Les premières années, elle venait nous voir et nous parlions d'Eugeni. Ensuite, elle a disparu. À la longue, tout le monde se lasse. Pourquoi n'écrit-il pas, le garçon ?

— S'il n'a pas écrit tout de suite, après il a dû avoir honte.

— Il aurait pu nous donner une explication…

Et, me regardant avec la tête haute et le regard assuré, elle m'a dit :

— Je suis certaine que nous n'aurons plus jamais aucune nouvelle de lui.

Nous sommes retournés à la salle à manger. Monsieur Andreu était encore à côté de la porte vitrée, à regarder le jardin. Nous nous sommes assis tous les trois autour de la table. J'ai pensé que l'heure était venue de leur dire pourquoi j'étais venu. J'ai tiré l'enveloppe de ma poche et je l'ai donnée à monsieur Andreu.

— Voici quelque chose pour vous.

— Quelque chose ? a-t-elle dit d'une toute petite voix.

Monsieur Andreu a ouvert l'enveloppe. Ses mains tremblaient.

— Qui c'est qui nous fait ça ? a-t-elle dit.

Je lui ai dit que je ne pouvais rien dire. Alors, madame Paulina s'est mise à pleurer comme une folle. Nous ne pouvions pas lui tirer un seul mot de la bouche. Finalement, nous regardant l'un après l'autre, elle a dit :

— Eugeni est mort. Quand je vous ai vu, je me suis mise à trembler. C'est Rosamaria qui vous a envoyé.

Monsieur Andreu m'a regardé, le regard fixe :

— Mais ça n'a pas de sens. Ces choses-là, on les fait autrement. Je ne vais pas vous forcer à raconter si on vous a dit de ne pas raconter… Mais ces choses, on les fait autrement…

— C'est Rosamaria… C'est Rosamaria… disait-elle d'une voix obstinée.

— Si c'est Rosamaria, nous devons la remercier.

Je ne sais pas comment j'ai réussi à les convaincre de ne pas aller voir madame Rosamaria.

— Peut-être qu'elle ne veut pas que Francesc soit au courant… a dit madame Paulina, comme si elle avait découvert une demi-vérité.

Je me suis levé et je suis allé regarder le jardin à travers les vitres, leur tournant le dos.

— Il est mort accidentellement. Il y a longtemps. Avant que vous veniez voir les Bohigues.

Je ne sais pas d'où je sortais tout ça, ni pourquoi je le disais. Mais je ne pouvais pas m'arrêter.

— On n'a rien su jusqu'à maintenant. La personne qui m'a donné ça pour vous souhaite vous aider. Ni madame Rosamaria ni monsieur Francesc ne sont au courant. Chaque mois, cette personne vous enverra une certaine somme. Vous n'aurez plus à vous inquiéter.

Je me suis retourné vers la salle à manger. Ils étaient assis, immobiles. Elle avait la tête basse et bougeait un peu les lèvres. Monsieur Andreu la regardait, mais il n'avait pas l'air de la voir. Nous sommes restés un moment sans rien dire. Finalement, je me suis approché de la table.

— Non, non, ne partez pas… a dit madame Paulina comme si elle venait de se réveiller. Nous étions d'accord, vous deviez rester déjeuner. Vous ne pouvez pas nous laisser seuls, maintenant.

Elle s'est levée et s'est dirigée vivement vers la porte.

— Où allez-vous ?

— Taisez-vous. Laissez-la faire.

Elle est revenue avec deux voisines et elles sont sorties dans le jardin. Monsieur Andreu m'a dit qu'elles allaient chercher le poulet.

Au bout d'un moment, on a frappé à la porte. Je suis allé ouvrir : c'était Toni avec la voiture. Je lui ai expliqué ce qu'il se passait et je lui ai demandé de revenir me chercher au milieu de l'après-midi. Il a un peu râlé et il m'a dit que ça ne lui plaisait pas beaucoup de laisser son fils seul aussi longtemps. Mais il est parti.

Je suis retourné dans la salle à manger. Monsieur Andreu n'avait pas bougé de sa chaise. Dès que je suis entré, il m'a dit qu'il avait hâte que l'été arrive et de recevoir mes graines, pour voir les capucines bleues se balancer au-dessus du poulailler. Quand les voisines sont revenues avec le poulet plumé, monsieur Andreu m'a demandé si je voulais qu'on sorte prendre le vermouth. Je lui ai dit que je n'en buvais jamais, mais que pour une fois… Nous sommes allés au bar le plus proche. Monsieur Andreu buvait à petites gorgées, en silence. Au bout d'un moment, il m'a dit, en posant son verre sur la table :

— Il me semble que le mieux, ça sera que j'achète de l'emprunt d'État. – Il a piqué une olive et l'a examinée de près avant de la mordre. – Vous savez si ça rend du quatre pour cent ?

— Je ne sais pas.

— Si ça rendait du quatre et demi… Je suis presque sûr que c'est plus de quatre… Vous ne croyez pas que la dette d'État, c'est ce qu'il y a de plus sûr ?

Il a piqué une autre olive avec un cure-dents et l'a fait virevolter.

— On dirait une danseuse.

Il l'a grignotée.

— Je pourrais aussi vendre la maison et en acheter une meilleure, plus ensoleillée, mais Paulina ne survivrait pas trois jours si je la sortais de son quartier.

J'ai fini le fond de mon verre.

— Il me semble que le vermouth m'est monté à la tête.

— Moi aussi.

— Il faut voir que si nous vendons la maison, nous perdrons nos voisins. Et avec qui elle parlerait du garçon, Paulina ? Vous savez ce que je vais faire, avec la maison ? Pour le moment, je vais la faire repeindre. Au printemps.

Il a demandé deux bouteilles de vin et nous sommes sortis dans la rue. C'était une journée sèche et blanche.

— Nous allons passer par en haut, en faisant le tour par la placette aux arbres.

Sur la placette, il s'est arrêté.

— Vous voyez ces poivriers ? Eugeni et Rosamaria ont passé des heures là-dessous, quand ils étaient fiancés…

Nous avons trouvé la table mise et madame Paulina nous a demandé pourquoi nous avions tellement tardé. Monsieur Andreu était encore préoccupé par la question de l'argent.

— Le mieux, ça serait de la dette d'État, tu ne crois pas ?

— Enriqueta a failli en acheter et elle a laissé tomber.

Au moment de servir le poulet, elle m'a demandé si je préférais l'aile ou la cuisse. Comme je n'ai pas voulu choisir, elle m'a donné les deux.

— Vous avez rangé les billets ? ai-je demandé à monsieur Andreu. Il ne faudrait pas que monsieur Maurici vous fasse un tour de passe-passe.

Mais ils avaient l'air tellement anéantis que j'ai tout de suite regretté d'avoir dit ça.

Tandis que nous prenions le café, madame Paulina s'est dirigée vers un petit secrétaire qui se trouvait dans un coin, près de la porte de la cuisine, et elle est revenue avec un livre couleur lie-de-vin, avec les lettres d'or. Elle l'a posé sur la table, devant moi.

— C'est le livre d'histoires que nous regardions ensemble, quand ils étaient petits. Comme on en a parlé, j'ai envie de vous le montrer.

Ensuite, elle est partie et elle est revenue avec un paquet.

— C'est quelques paires de chaussettes. Je veux que vous les preniez.

Je me suis souvenu de l'aiguille à tricoter. Avant de partir, je l'avais mise dans la poche de ma veste.

— Un peu plus et je l'oublie. Tenez. Vous l'avez fait

tombor sur le mirador.

Elle l'a prise très soigneusement.

— Il me semble que je l'ai jetée. Elle est dépareillée. Mais je vous remercie de l'avoir ramassée.

Et elle s'est mise à pleurer.

Quand Toni est revenu me chercher, ils m'ont accompagné à la porte, tous les deux. Dans le couloir, monsieur Andreu s'est arrêté et, de la pointe du pied, il a fait bouger un carreau :

— Quand ils étaient petits, Eugeni et Rosamaria faisaient levier avec un morceau de fer et les décollaient. Ce qu'on a pu les disputer…

Il s'est incrusté dans la fenêtre de la voiture.

— Saluez bien tout le monde. L'été prochain, quand ils viendront, saluez-les bien de notre part.

Au coin de la rue, je me suis retourné pour les regarder par la lunette arrière ; ils étaient déjà rentrés.

Monsieur Bellom nous attendait. Je lui ai dit que tout était réglé.

— Une chose en moins… Maintenant, ma fille veut aller en Californie. Je lui ai dit de faire ce qu'elle veut. Moi, je préfère l'avoir avec moi, mais si elle ne se sent pas bien ici…

Il s'est pincé la lèvre.

— Vous avez beaucoup parlé d'Eugeni ?

Je lui ai tout raconté, du début jusqu'à la fin. Quand il a vu que ça y était, il s'est levé :

— Vous ne me croirez peut-être pas, mais ce matin, quand j'ai vu que vous partiez avec Toni, j'ai éprouvé un soulagement… Vous savez ce que j'avais dans mes pensées, sans cesse ? Le visage d'Eugeni, tout abîmé. Il m'empêchait de dormir.

VI

Cet été a été le dernier. Un été ingrat, avec beaucoup de pluie. On passait de la fraîcheur à la chaleur et de la chaleur à la fraîcheur en un rien de temps. À la fin du mois de juin, un soir, j'ai dû mettre le pull-over qu'Eugeni m'avait offert.

Ils sont venus après la Saint-Jean. Je crois bien que madame Rosamaria n'était pour ainsi dire pas sortie de l'appartement de tout l'hiver. Avec le printemps, elle s'était un peu ragaillardie, mais elle se plaignait encore d'être fatiguée. Pour mademoiselle Eulàlia, les choses marchaient bien. L'exposition de New York lui avait fait gagner de l'argent et, pour venir, elle avait acheté une voiture rouge cerise. Feliu avait fait une exposition à Barcelone, mais personne n'en disait rien. D'après Quima, mademoiselle Maragda et madame Rosamaria parlaient de se mettre en société ; de créer une maison de mode très importante. Mais elles se contentaient d'en parler.

J'ai rencontré Mariona dans la rue le jour même de leur arrivée. J'étais allé voir Bergadans, qui était malade, et elle, elle était allée acheter des espadrilles. Elle marchait devant moi et je me suis mis à sa hauteur.

— Je suppose qu'il s'est envolé, Mingo.

— Envolé ? Voyez-vous ça ! Nous nous marions le premier dimanche d'août.

— Qu'est-ce que tu voudras que je t'offre ?

Elle s'est arrêtée brusquement, a réfléchi un instant, et elle n'a rien dû trouver, parce qu'elle m'a dit de lui offrir ce que je voulais. Quand nous sommes arrivés à la grille, je lui ai demandé si elle arrêterait de travailler.

— Pas pour l'instant. On en a parlé, avec Mingo, et on a décidé que je n'arrêterais pas avant d'avoir un enfant.

— Ne va pas trop vite, après c'est beaucoup de soucis.

Elle a ri et elle s'est adossée au porche. On aurait dit qu'elle avait la flemme d'entrer.

— Qu'est-ce que vous pensez de Mingo ?

— Que veux-tu dire ?

— Je veux dire, est-ce que vous pensez que c'est un brave garçon ?

— Ma petite…

— Tout le monde me dit la même chose : ma petite…

— Mais tu ne te rends pas compte que tu te maries demain ? Tu aurais dû me demander ça il y a longtemps.

Elle a ri à nouveau.

— Je suis décidée. Si je demande, c'est seulement parce que j'aime bien savoir ce que pensent les autres.

— Je vois que tu ne dis plus « pensez-vous ».

— Non. Ça ne plaît pas à Mingo. Il trouve que ça fait paysan.

Tout à coup, elle s'est souvenue que Miranda l'attendait pour nettoyer l'argenterie et elle m'a laissé avec les mots à la bouche. J'ai traversé le jardin très lentement, en regardant les arbres et le dessin des branches sur le ciel.

Monsieur Bellom, c'est à peine si on le voyait. Il était resté absent assez longtemps et quand il était chez lui il vivait enfermé. Un jour, Quima a dit :

— On dirait qu'il ne prend plus ces cuites phénoménales. En tout cas, pas à can Bergadans.

Comme ça me faisait un peu de peine de parler de lui, je n'ai pas répondu. Mine de rien, elle a ajouté :

— Madame Rosamaria n'est pas encore descendue à la plage… Vous avez dû le remarquer.

Je ne pouvais pas m'en débarrasser. Un autre jour, elle m'a dit que Maribel était en Amérique et qu'elle écrivait à son père chaque semaine. Elle le savait par le facteur. Je lui ai répondu que c'étaient des choses qui ne m'intéressaient absolument pas. Elle est devenue rouge comme une pivoine.

— Vous avez sacrément changé, ces derniers temps ! Ça doit être l'âge… Plus rien ne vous intéresse.

J'ai pensé qu'elle avait peut-être raison.

Malgré le mauvais temps, mes roses d'été ont été plus belles que jamais. Une averse me les a laissées à moitié mortes. Pour passer le temps, j'ai fait un parterre circulaire près de l'entrée, avec une bande de cinéraire et une autre de vanille du Pérou, et j'ai rempli tout le centre avec des bégonias corbeille de feu. Quand je devais travailler longtemps à la suite, je prenais la radio avec moi et je l'allumais.

Quima a été la première à s'en apercevoir.

— Il a même la radio !

Elle l'a prise et elle l'a regardée sous toutes les coutures.

— On me l'a donnée.

— Monsieur et Madame ?

J'ai tardé à répondre, parce que je n'avais pas envie que ça se sache. Mais j'ai fini par dire :

— Eugeni.

Elle a remué la tête pendant un instant, sans rien dire.

— Pauvre Eugeni… Plus personne ne se souvient de lui.

— Vraiment ?

— Tout a fini par quelques visites de Maribel au cimetière.

Elle a fait mine de partir, mais elle est revenue.

— Croyez-moi ; personne ne se souvient d'Eugeni. Et même s'ils s'en souvenaient, à quoi ça nous avancerait ?

Un jour, je me suis décidé à redresser un peu le chèvrefeuille, qui s'effondrait. J'y ai passé toute la matinée : j'ai planté des cannes pour le soutenir un peu, en m'arrangeant pour qu'on ne les voie pas, et j'ai tout bien arrangé. Alors que je finissais, j'ai vu Feliu et mademoiselle Eulàlia qui allaient vers la plage par le chemin de la maison de verre. Ils sont venus me toucher la main, très aimablement. Elle était contente et ça se voyait à ses yeux, pleins de joie.

— Je sais que ça s'est très bien passé, votre exposition…

Feliu a dit :

— Elle a tout vendu et après elle était triste ; elle disait qu'elle avait vendu des choses qu'elle aurait voulu garder.

— Et celui avec les larmes de Saint-Joseph ? lui ai-je demandé.

— C'est le premier qui s'est vendu.

Je ne savais plus de quoi parler, quand je me suis souvenu d'une chose que Feliu m'avait dite l'année antérieure.

— Et alors, vous l'avez peint, ce tableau de cinq mètres ?

Il m'a regardé d'un air un peu étonné, comme s'il ne voyait pas de quoi je parlais.

— Un tableau de cinq mètres ?

J'ai pensé : « Peut-être que tu as rêvé. » Mais il a dû se rappeler, parce qu'il a eu un petit rire de lapin.

— Eh bien, quelle mémoire ! On ne peut rien vous dire, à vous.

Et il a donné un coup de pied dans un caillou.

Je suis sûr que j'aurais oublié cette conversation si Feliu ne m'avait pas dit, avant de s'éloigner :

— Ne quittez pas Miranda des yeux. Surtout.

Les noces de Mariona ont été magnifiques. L'église du village était pleine comme un œuf et tout brillait à l'intérieur. Madame Rosamaria s'est levée avant la fin de la messe et est partie. Ils ont dit qu'elle s'était sentie mal. Monsieur Francesc n'a pas bougé. Miranda a pleuré comme une Madeleine, tout du long. À la sortie, mademoiselle Eulàlia avait les yeux rouges. Je n'ai toujours pas compris. Moi, j'avais plutôt envie de rire.

Mariona est revenue quinze jours après son mariage. Elle a dit que Mingo travaillait à Esplugues et qu'elle avait assuré Madame et Monsieur qu'elle ne les laisserait pas en plan au milieu de l'été. Quima était enragée. Elle avait toujours aimé Mariona, mais depuis qu'elle était revenue de sa lune de miel, elle ne pouvait pas l'encadrer.

Celui qui me parlait beaucoup d'elle, c'était Toni. Nous étions allés ensemble au mariage. Un soir, il est venu chez moi prendre le café. Depuis qu'il avait son garçon, il ne venait guère.

— Moi, ça m'aurait bien convenu, une fille comme Mariona. Dire que pendant tous ces étés je l'ai eue juste à côté… Mais elle était trop jeune pour moi, vous ne croyez pas ?

Chaque jour, il était davantage fâché avec son fils. Il s'était échappé plusieurs fois, mais il revenait toujours au bout de trois ou quatre jours, sale comme une huppe et avec une faim à dévorer un bœuf.

— Si au moins il ne revenait pas ! Il pourrait partir pour l'Amérique et faire fortune là-bas, comme monsieur Bellom…

Il ne s'occupait plus de ses chevaux. Au début de l'été, des messieurs étaient venus de Barcelone et les avaient emmenés. On n'en avait plus entendu parler. Comme monsieur Bellom le payait bien, ça l'avait mis encore de plus mauvaise humeur.

Le lendemain matin, quand je suis sorti de chez moi, je l'ai vu sortir Llucifer de l'écurie. Quand il m'a vu, il m'a appelé.

— Je n'ai pas fermé l'œil de la nuit. Je ne sais pas quoi faire.

Je me suis rappelé le jour où il était arrivé avec les chevaux. Petit et prétentieux.

— Je gaspille mon argent avec un âne. Qu'est-ce que vous feriez, vous ? Peut-être que je devrais le mettre apprenti quelque part… Mais si je le mets apprenti à Barcelone, où il va habiter ? Ma cousine ne veut pas de lui. Elle a tout à fait raison. Et ici, au village, si on ne l'embauche pas pour arracher les oignons…

— Pourquoi vous ne lui apprenez pas à s'occuper des chevaux ?

— Avec un dans la famille, ça suffit. C'est même trop.

— Laissez passer un an… Il va peut-être se réveiller.

— Ce n'est pas facile. Il ressemble à son grand-père maternel. Pas beaucoup d'espoir.

Il s'est mis à brosser Llucifer, qui était devenu très docile, et c'est incroyable la poussière qui en sortait.

Cet été n'avançait pas. C'était comme si tout était ensablé. Et le temps devenait fou. À la fin du mois d'août, il s'est mis à pleuvoir sans discontinuer. Au moins quinze jours. La terre avait du mal à avaler l'eau et j'ai eu peur que tout le jardin pourrisse. Eux, ils vivaient enfermés. Peut-être pour essayer de lutter contre l'ennui, un jour Feliu est allé à Barcelone chercher un ami à lui qui faisait des films. C'est comme s'il leur avait porté chance, parce que dès le lendemain il a cessé de pleuvoir. C'était un garçon d'une trentaine d'années, petit, un peu chauve sur l'arrière de la tête. Il avait les yeux bleus, très saillants. Et il s'agitait nerveusement.

Il s'appelait Humbert et fumait sans s'arrêter. Il est resté deux ou trois jours tranquille sur la plage et prenait des vues du jardin. D'après Quima, il a tout de suite couru après Miranda.

— Et figurez-vous que maintenant, c'est une sainte ! Qu'est-ce que vous en dites ? Hier, je l'ai entendue dire que s'il ne la laissait pas tranquille elle irait se plaindre à Monsieur et Madame.

Elle avait bien raison, cette vieille…

Quand il a estimé qu'il avait assez pensé, Humbert a commencé les préparatifs. D'abord, il m'a fait déplacer une quantité de pots de fleurs. Parce qu'ils ne faisaient pas joli, a-t-il dit. Ensuite, il nous a donné des tas d'explications sur ce que nous devions faire. Mais il faisait tellement beau que Feliu a dit qu'il valait mieux en profiter et commencer tout de suite, sans tous ces discours. Ça représentait Monsieur et Madame en train de prendre le petit déjeuner sous les magnolias, et les filles devaient servir. Miranda s'en est tout de suite très bien tirée, mais Mariona a eu beaucoup de mal. Elle ne pouvait pas s'enlever de la tête qu'on la filmait et elle faisait son entrée raide comme un balai. Au début, Humbert riait de bon cœur, mais peu à peu il s'est énervé.

— Cette fille est un peu idiote, a-t-il dit après l'avoir fait aller et venir une demi-douzaine de fois.

Moi, il ne m'a pas fait perdre patience, parce que j'en ai à revendre. Je devais rester dans un coin, près d'une touffe de pensées helios, et faire semblant de travailler. « Ça ne devrait pas être trop difficile, m'a-t-il dit, parce que vous ne faites jamais rien d'autre. » Et il s'est mis à rire comme une andouille. J'ai été très fâché qu'un bon à rien me parle de cette façon, mais j'ai pensé qu'il valait mieux ne pas faire de vagues. Il m'a expliqué que je devais bouger de façon naturelle, sans rien exagérer. Mais ce que je faisais ne lui convenait jamais. Tantôt je me mettais trop de profil, tantôt je me penchais trop vite… Bref, j'étais sur le point de le laisser en plan quand il s'est mis à pleuvoir et il a fallu tout arrêter.

À la fin de l'après-midi, je suis sorti avec ma capuche imperméable. Ils étaient tous à l'entrée de la maison, sous la marquise, l'air sombre, scrutant le ciel et disant peut-être demain, peut-être après-demain.

Quima, qui ne devait pas être dans le film, était très en colère.

— Ils n'invitent que des imbéciles qui nous donnent du travail… Ce traîne-misère les a bien embobinés. Il est habillé comme un mauvais sujet. Et vous savez comment il dort ? À l'envers. La tête à la place des pieds. Mariona est chargée de faire sa chambre et elle n'a pas pu s'empêcher de lui demander pourquoi il dort comme ça. Chaque matin, elle trouve le rabat et l'oreiller à l'endroit des pieds. Il lui a dit que s'il dort avec la tête du côté où le soleil se lève, il ne peut pas fermer l'œil de la nuit. Vous avez déjà entendu ça, vous ? Et il dévore comme un loup. Il prend toujours son petit déjeuner au lit et il se fait monter quatre œufs au plat.

Il a plu pendant deux jours et quand la pluie a cessé, ils ont filmé la partie avec les chevaux. Toni devait présenter Fletxa à madame Rosamaria en le tirant avec une corde. La première fois, on a beaucoup ri, parce que Toni, qui n'était pas vraiment d'humeur à ça, avait pris une très longue corde et on aurait dit qu'ils faisaient un film pour faire rire. Moi, j'étais assis un peu à l'écart, sur un pot renversé, et quand Fletxa m'a vu, il leur a tourné le dos peu à peu, s'est approché de moi et a commencé à remuer la tête.

Ce jour-là, c'est un miracle si Humbert n'a pas eu un coup de sang. Finalement, ils ont réussi à faire plus ou moins ce qu'ils voulaient et ils ont passé l'après-midi sur l'allée de tilleuls à filmer les chevaux, montés par les dames.

Le lendemain, ils sont allés à la plage et ils ont fait leur film tout seuls.

Au bout d'une semaine, la première mauvaise nouvelle est arrivée. J'avais déjà dîné quand Toni s'est présenté chez moi.

— Je m'en vais.

— Vous ?

— Ils me renvoient.

— Et pourquoi ils vous renvoient ?

— Ils vendent les chevaux. Ils m'ont demandé de m'en occuper. De mettre des annonces dans le journal ou d'écrire à des connaissances…

— Et c'est tout ?

— Si vous trouvez que ce n'est pas assez… Ils me paient trois mois, et allez, va chercher du travail. Si vous croyez qu'ils vont prendre des pincettes.

— Et Fletxa aussi ?

— Je viens de vous le dire, non ? Ils vendent les chevaux. Les deux.

Ce soir-là, j'ai été tout attristé et j'ai passé la nuit à broyer du noir. Le lendemain, quand Humbert m'a dit qu'il voulait me filmer, je lui ai dit que je ne me sentais pas bien. Après le déjeuner, je suis allé trouver Quima.

— Vous avez perdu quelque chose ?

Il y avait le broc avec le persil, la radio blanche et cette bonne odeur de plats mijotés.

— Vous devez vous sentir bien seul, a dit Mariona. Je ne sais pas comment vous pouvez vivre entouré de graines et de bulbes.

Elles m'ont servi du café et nous avons bavardé pendant un bon moment. J'y suis allé plusieurs jours de suite. Finalement, voyant que Quima ne me parlait de rien, je lui ai dit :

— Vous saviez qu'ils vendent les chevaux ?

Elle était en train d'essuyer un très joli plat, avec autant de soin que si c'était une custode, et elle a failli le laisser tomber par terre. Elle a fait comme moi : elle a aussitôt demandé s'ils ne gardaient pas celui de Madame.

— Ils n'en garderont aucun. Ils ont déjà donné son congé à Toni.

— Si c'était moi qu'ils congédiaient, a dit Quima, ça ne me ferait ni chaud ni froid. Si je viens comme cuisinière, les mois d'été, c'est pour leur rendre service. Je serais plus tranquille chez moi. Ma cuisine n'a pas les fenêtres en l'air comme celle-ci ; elle est de plain-pied avec l'entrée.

Comme un malheur n'arrive jamais seul, le fils de Toni s'est enfui une fois de plus, et il est revenu avec le crâne fendu.

Trois ou quatre messieurs sont venus voir les chevaux. Toni les accompagnait à l'écurie, sortait un carnet de sa poche et leur lisait ce qu'il avait écrit dedans. Ils regardaient les chevaux sous toutes les coutures, posaient quelques questions, se grattaient la nuque et repartaient sans se décider. Mais un jour il en est venu un qui savait ce qu'il voulait : un cheval pour son fils. Et il a choisi Llucifer. Dès le lendemain, ils sont venus le chercher avec un camion et il s'est tellement affolé qu'ils ne réussissaient pas à le faire monter dedans. Fletxa, c'est un ami de Toni qui l'a pris. Avant qu'ils s'en aillent, Humbert les a photographiés, et moi je lui ai demandé un portrait de chaque, en souvenir. Je lui ai demandé combien ça coûtait et il n'a rien voulu me faire payer.

Un soir que Toni et moi bavardions au pied de l'eucalyptus, son fils est passé, la tête bandée.

— Vous l'avez vu, m'a-t-il dit. Je n'ai pas encore réussi à savoir ce qui lui est arrivé.

Il a ri sans aucune gaieté et je lui ai demandé quand il partait.

— Je vais traîner par ici encore quelques jours… La semaine prochaine, je veux chercher un appartement à Barcelone.

— Et les meubles ?

— Ils sont dans un dépôt, et ça me coûte les yeux de la tête. Le temps que j'ai passé ici, ça a été une mauvaise affaire.

— C'est déjà beaucoup, si vous avez des meubles…

Je le disais de bonne foi, mais il l'a très mal pris.

Humbert photographiait la mer, avec les bulles d'écume en haut des vagues, et tout ce qu'il trouvait sur le sable. Il faut voir le nombre d'heures qu'il a gaspillées à faire ça. Un matin, il a fait le tour par en haut et il a photographié les pins au-dessus des rochers.

Les nuits étaient tranquilles. Parfois, j'éprouvais une sorte d'inquiétude qui me faisait sortir, mais il ne se passait rien. Dans le jardin, quelque chose avait changé, mais je n'aurais pas su dire ce que c'était exactement. Je commençais à me sentir vieux. Il y avait des plantes que j'aurais dû changer depuis longtemps, mais je manquais d'énergie pour le faire. Je me disais : Tu feras ça demain. Et je ne trouvais jamais le moment pour le faire. J'avais seulement envie de ne pas penser et d'écouter le frottement des feuilles et, surtout, le bruit que faisait la pluie sur le toit, quand j'allais me coucher. Eux, une fois passée la lubie des films et des portraits, ce n'est pas qu'ils avaient l'air endormis, mais plutôt comme s'ils n'étaient pas là. Très souvent, quand je me promenais sur le mirador, je pensais à monsieur Sebastià, et comme nous avions ri la nuit où nous les avions tous pris en photo pendant qu'ils dormaient. À ce moment-là, oui, il y avait de la joie. À côté de monsieur Sebastià, le pauvre Humbert, qui était un meilleur homme que ce que j'avais cru, avait l'air d'un croque-mort. Il était clair que tout cela ne pouvait pas durer.

Un jour, Mariona est venue me voir.

— Je me languis de Mingo et je ne veux plus vivre comme ça. Un jour, il va tomber de l'échafaudage et quand je l'apprendrai il sera déjà mort.

Elle m'a raconté que madame Rosamaria et mademoiselle Maragda s'étaient disputées très fort. Je lui ai demandé ce qu'il s'était passé.

— Je ne sais pas. Celle qui sait, c'est Miranda, mais elle est devenue très bizarre et elle n'a rien voulu me dire. Mademoiselle Maragda n'est plus là. Ce matin, mademoiselle Eulàlia l'a emmenée à Barcelone avec sa voiture. On ne devrait plus la voir.

Je n'avais jamais sympathisé avec mademoiselle Maragda : je crois même que je ne lui avais jamais parlé. Mais j'ai trouvé dommage qu'elle soit partie.

Le soir, Mariona est revenue.

J'ai tout de suite vu qu'il lui arrivait quelque chose. Elle est restée debout au milieu de la salle à manger, puis s'est dirigée vers la fenêtre et a regardé dehors... Si elle avait fait aussi bien le jour du film, Humbert aurait été ravi.

— D'où sors-tu, à ces heures ?

Elle s'est assise près de la table.

— Je sais bien qu'il est tard, mais si je n'étais pas venue, je n'aurais pas pu dormir.

— Il s'est passé quelque chose avec Mingo ?

Au lieu de me répondre, elle m'a dit :

— Cet après-midi, je suis allé faire la chambre de mademoiselle Maragda. Je ne l'avais pas faite avant, parce qu'elle est partie, si bien que ce n'était pas pressé. Dans le tiroir de la table de nuit, j'ai trouvé ce carnet.

De la poche de son tablier, elle a tiré un petit carnet, épais, avec une couverture de moleskine noire.

— Je ne voulais pas, mais j'en ai lu des morceaux. Je regrette, vraiment.

J'ai pensé qu'il valait mieux couper court.

— Écoute, Mariona, il est tard et j'ai très sommeil. Pourquoi tu ne reviens pas demain, de jour, et tu m'expliques ça calmement ?

Elle s'est levée, mais elle s'est rassise aussitôt.

— Non, je ne peux pas m'en aller. J'aurais raconté ça à Quima, mais depuis que je suis revenue elle ne m'adresse pratiquement plus la parole. Miranda s'en fiche. C'est pour ça que je suis venue vous trouver. J'ai toujours eu de la sympathie pour vous, et je pense que vous aussi, pour moi.

— Mais si tu ne t'expliques pas…

— C'est que je ne sais pas comment commencer.

Ça a été un peu laborieux, mais elle a fini par me raconter. Le carnet parlait beaucoup de madame Rosamaria et elle était sûre qu'il appartenait à Eugeni.

— Je ne sais pas quoi faire. Je ne peux pas le donner à madame Rosamaria… Et j'aurais honte de le garder et de le donner à mademoiselle Maragda quand je retournerai à Barcelone. Elle penserait que je l'ai lu. Qu'est-ce que je dois faire, à votre avis ?

J'ai tendu le bras et elle m'a donné le carnet.

— Vous connaissez les parents d'Eugeni… Ça serait peut-être mieux que ce soit eux qui l'aient.

— Peut-être bien…

J'ai ouvert le carnet. Eugeni y écrivait tout ce qui lui arrivait. Le premier passage que j'ai lu, c'était celui de la bagarre avec Francesc, dans la rue. J'ai repris plus loin. Il parlait de la façon dont il était tombé amoureux, tout doucement. Les soirs d'été, ils se retrouvaient carrer d'Elisa, marchaient main dans la main jusqu'à la placette avec les arbres et s'arrêtaient sous les poivriers. Quand ils avaient quatorze ans et qu'ils ne se voyaient pas pendant deux ou trois jours, elle allait chez lui chercher des fleurs. Si on l'invitait à déjeuner, il restait de longs moments à la regarder, comme pétrifié. Il lui expliquait ses leçons et l'aidait à faire les problèmes. Elle cherchait pour lui des trèfles à quatre feuilles dans le jardin du collège et les mettait dans son livre d'histoire quand elle allait travailler chez lui.

Il parlait beaucoup d'une robe qu'elle avait portée un été. Et subitement je me suis souvenu des robes de ma Cecília. Couleur fleur de romarin. Il n'y avait rien de semblable, mais j'avais l'impression qu'ils s'étaient aimés comme nous nous étions aimés, avec Cecília. Un jour où il avait plu très fort, il avait passé la nuit à écouter l'eau qui dévalait dans la *riera* ; le lendemain, elle lui avait dit qu'elle avait pensé à lui toute la nuit. Après, il commençait à parler de Francesc, et apparemment ils se moquaient de lui, tous les deux. Elle, elle ne l'aimait pas beaucoup, parce qu'il était riche et trop prétentieux. Et le pauvre Eugeni, dans le carnet, disait qu'elle devenait aussi belle qu'un ange.

Mariona s'est levée et a regardé par la fenêtre.

— Il ne va pas se faire un peu tard, pour toi ?

Elle m'a dit que non et elle s'est rassise. J'ai continué à lire. Je sautais des pages, parce que j'avais envie d'arriver à la fin. Je pensais à ma Cecília, qui était morte si jeune.

Un jour, elle a commencé à avoir peur. Elle venait d'avoir dix-huit ans. Elle a eu peur de devoir coudre toute sa vie, jusqu'à sa mort. Elle le disait à Eugeni, quand elle allait le voir dans sa chambre sur le toit. Ils y passaient des heures, à s'embrasser, étendus sur le lit, tristes et encore plus tristes. Une nuit d'été, alors qu'Eugeni ne l'attendait pas, elle a fait irruption. Elle allait lui expliquer pourquoi elle sortait parfois se promener avec Francesc. Elle lui a dit qu'elle n'aimait que lui, qu'avec Francesc ils étaient amis, sans plus, et il a commencé à l'embrasser et ils sont restés là toute la nuit. À l'aube, quand il s'est retrouvé seul, il était brisé de chagrin. Et pendant quelque temps ils ont cessé de vivre, craignant qu'une seule fois avait suffi pour qu'elle attende un bébé. Mais ce n'était rien, seulement qu'elle s'était baignée les jours où elle était mal. Et une fois la peur passée, elle s'est tournée complètement vers Francesc ; comme ça, sans rien dire… Jusqu'au moment où les voisins s'en sont rendu compte, et à ce moment-là, les choses étaient très avancées ; ils étaient déjà très engagés. Eugeni devenait fou et il ne pouvait rien y faire.

J'ai fermé le carnet et je l'ai posé sur la table. Mariona m'a demandé.

— Comment ça se fait qu'il soit dans les affaires de mademoiselle Maragda ?

Je me suis rappelé que madame Paulina m'avait expliqué que lorsque Eugeni s'était enfui de chez eux, mademoiselle Maragda allait leur tenir compagnie. Un jour, elle avait dû lui donner le carnet et elle n'y avait plus pensé. Ce que je ne réussissais pas à comprendre, c'était que mademoiselle Maragda l'ait laissé dans un tiroir de sa table de nuit. Et il valait peut-être mieux ne pas comprendre.

— Qu'est-ce que vous croyez que je peux faire ? Mademoiselle Maragda et madame Rosamaria ne s'aiment pas. Je le sais, parce qu'à l'époque où j'allais chez elle pour apprendre à coudre une des filles qui travaillaient là m'a dit que mademoiselle Maragda aurait voulu se marier avec monsieur Francesc.

Je l'ai regardée. Elle était blanche comme un linge, les yeux pleins d'effroi.

— Ne t'en fais pas. On va arranger ça tout de suite.

Je suis sorti de chez moi et, une à une, j'ai arraché les pages du carnet. Je les ai bien froissés, j'en ai fait un petit tas et j'y ai mis le feu. Elle me regardait, sur le pas de ma porte.

J'ai pensé que la moleskine brûlée allait sentir mauvais, alors j'ai déchiré la couverture et je l'ai cachée derrière le chèvrefeuille.

Le dimanche suivant, quand elle m'a apporté mon linge, c'est à peine si Quima pouvait parler. J'ai pensé qu'elle était malade. Elle avait la figure très rouge et elle respirait fort, comme si elle était venue en courant.

— Monsieur Bellom se marie !

Elle avait une veine du cou très gonflée et j'ai eu un peu peur qu'elle éclate et qu'elle tombe morte à mes pieds. Je ne savais que faire.

— Asseyez-vous et calmez-vous.

Je commençais à en avoir ma claque de toutes ces histoires. J'étais d'avis que si monsieur Bellom voulait se marier il était libre de le faire et qu'il n'y avait pas de quoi en faire un fromage. Je lui ai dit exactement ce que je pensais. Mais quand elle a réussi à me dire que monsieur Bellom se mariait avec Miranda, je suis resté bouche bée.

— Et comment vous savez ça ?

— Bergadans vient de me le dire.

— Et qu'est-ce qu'il a à voir là-dedans, Bergadans ?

Elle m'a répondu que Bergadans était au courant parce que cela faisait un moment que monsieur Bellom fricotait avec Miranda et qu'ils avaient passé plusieurs dimanches après-midi dans son auberge.

— Bergadans se fait construire une petite maison en dehors du village et tout le monde se demande comment il peut la payer.

Alors, comme si elle était devenue folle, elle a éclaté d'un rire qu'on a dû entendre depuis la place.

— Miranda ! Qu'est-ce que vous dites de ça ? On dirait que monsieur Bellom les aime bien brunettes.

Je me suis souvenu de Lilit, mais je n'ai rien dit. Elle, elle continuait sur sa lancée :

— Sur le moment, j'ai cru que j'allais avoir une attaque, mais maintenant je trouve que c'est à mourir de rire.

À la maison, il n'y avait personne, parce que Monsieur et Madame étaient occupés au cimetière avec Humbert, qui photographiait les croix. Quima est repartie tout de suite. J'avais tellement envie d'en parler que je me suis débrouillé pour trouver Toni. Quand il a appris la nouvelle, ça ne lui a fait ni chaud ni froid.

— Qu'est-ce que vous voulez que je vous dise ? Moi, elle ne m'a jamais fait de tort, Miranda. Si la chance lui sourit, tant mieux pour elle.

Ce même jour, Miranda, sa valise à la main, est allée chez monsieur Bellom. Je ne sais pas combien j'aurais donné pour voir Monsieur et Madame lui dire adieu. Mariona m'a dit qu'elle était partie toute guillerette.

— Elle va avoir la belle vie. Monsieur Bellom lui a promis de l'emmener au Brésil et de lui faire parcourir tout le pays comme une reine.

Quelques jours plus tard, ils sont venus me voir, tous les deux. J'étais près des buis et je leur ai dit de venir à la maison. Elle, elle n'a rien dit : elle a passé tout le temps à contempler les tournesols du mur. Il m'a avoué qu'il s'était rendu compte que la nouvelle de leur mariage avait fait l'effet d'une bombe, mais qu'il s'en fichait. Qu'il était arrivé à un moment de sa vie où il ne voulait penser qu'à lui.

— Si je ne prends pas soin de moi, ce n'est pas les autres qui le feront.

Il m'a demandé d'aller à la noce. Je n'en avais pas envie, mais il a tellement insisté que j'ai dû lui promettre que j'irais. J'ai dit à Miranda que si monsieur Francesc me permettait de cueillir quelques fleurs blanches, je ferais son bouquet. J'ai eu l'impression qu'elle était contente.

Ils se sont mariés en grande pompe. Il y avait Monsieur et Madame, comme si on venait de les sortir de leur boîte. Miranda était en blanc. Elle portait mon bouquet : des tubéreuses, des fleurs lourdes, mais j'ai pensé qu'elle était habituée à peu de délicatesse et qu'un peu de poids ne lui ferait pas de mal. Une robe de soie brillante, une longue traîne et un voile de dentelle. La fête a été comme celles qu'ils avaient données les autres étés, mais avec moins de monde. Et j'ai pu la voir de près.

La pauvre Mariona était invitée elle aussi, mais quand elle a vu le travail qu'il y avait, elle n'a pas pu s'empêcher de se mettre à servir. Le bal a duré jusqu'au lever du jour. Monsieur et Madame sont partis tôt. Moi, je suis resté pour ne pas laisser Mariona seule. À la fin, je lui ai dit qu'il était temps de partir et elle m'a écouté. En sortant, elle m'a dit :

— Qu'est-ce que Mingo peut bien faire, en ce moment ? Vous ne trouvez pas qu'on vit comme deux idiots, l'un à Sant Pere et l'autre à Sant Pau ?

Ils sont partis en voyage de noces et la maison avait l'air d'un cimetière. Josep se promenait devant et derrière les cyprès, plongé dans son livre sur les fleurs.

J'ai accompagné Toni à la gare. Il avait trouvé un appartement à Barcelone. L'appartement d'un vieil homme qui vivait seul et qui était mort de dépérissement. Il disait que même s'il trouvait un autre travail loin de Barcelone il ne laisserait pas l'appartement, parce qu'il avait trop souffert, avec cette crainte de ne pas en trouver. Le garçon nous suivait de loin, comme s'il ne nous connaissait pas. Nous marchions sans nous presser, en parlant du mariage, et quand nous sommes arrivés devant la gare et que j'allais lui tendre la main pour lui dire au revoir, il m'a dit :

— Vous savez de quoi je vais me souvenir le plus ?

De l'été de la guenon. C'était vraiment quelque chose, non ?

Et il est entré. Je l'ai regardé, de dos, une valise dans chaque main, et mon Dieu, ce qu'il était petit.

Comme, pour rentrer à la maison, je devais passer devant can Bergadans, je suis entré lui dire bonjour. Il m'a montré une carte postale qu'il venait de recevoir de monsieur Bellom : on y voyait un fleuve très large. J'ai bu un petit verre d'anis, parce que j'avais la poitrine un peu oppressée, et je suis parti tout de suite. En chemin, je pensais à ce que m'avait dit Toni ; à peine une heure plus tôt, alors que je l'attendais pour l'accompagner, je m'étais aperçu que les troncs des pittosporums gardaient un peu de la couleur que Tití avait barbouillée.

Quelques jours plus tard, Monsieur est venu me voir, sur son trente-et-un, et il m'a dit :

— Je ne reste qu'un instant… Je vais à Barcelone pour une semaine. Je veux que vous sachiez que j'ai décidé de vendre la maison.

Il m'a dit qu'il avait pensé à moi, qu'il me paierait une année entière à partir du moment où ils partiraient : à la fin du mois de septembre. Qu'il avait fait mettre quelques annonces et que si ça ne donnait pas de résultats il confierait la vente à un courtier, mais qu'il préférait vendre la maison directement par annonce, comme ça il pourrait me donner trois pour cent du prix de vente. Il a sorti un stylo de sa poche et il m'a dit :

— Vous voyez ? Si on vend directement vous aurez tant.

C'était une somme assez rondelette. Je lui ai dit merci beaucoup et je n'ai pas eu le courage de le raccompagner à la porte, parce qu'ils me laissaient tomber, bien sûr, mais aussi parce que je les aimais.

Mariona m'a dit :
— Nous partons demain.
Monsieur Francesc m'avait expliqué qu'on viendrait chercher les meubles après leur départ et il m'avait demandé de m'occuper de tout. Il était tard et il pleuviotait. Une petite pluie d'entre été et automne, quand on a l'impression que tout prend fin : une pluie fine, presque une brume. À minuit, comme je n'arrivais pas à dormir, je suis sorti. Je me dirigeais vers l'allée de tilleuls, une main dans la poche, serrant entre mes doigts la pièce de monnaie avec le croissant de lune. J'ai vu venir une ombre très légère, qui marchait sans faire de bruit. Elle descendait l'allée, pieds nus. Quand elle est arrivée au mirador, elle s'est arrêtée un instant, elle a posé une serviette blanche sur la balustrade et elle est descendue à la plage. Je me suis précipité pour voir ce qu'elle faisait. Elle était debout face à la mer, immobile, si bien qu'on n'aurait pas dit un être de chair et de sang. Les nuages ont minci, laissant passer un peu de lune. Elle s'est retournée et, comme la nuit où j'avais vu monsieur Francesc et Miranda, je me suis caché derrière un pot de fleurs. Il pleuvait. Et elle restait debout sur le sable comme une statue de sel. Alors que je commençais à me lasser, elle est entrée lentement dans l'eau et s'est mise à nager. Est-elle allée loin, est-elle restée au bord, je ne sais pas, car tout était redevenu sombre et on ne voyait rien ; seulement l'étendue couleur d'encre, avec les vagues qui venaient et repartaient. Sssaaah, sssaaah, sssaaah… nous arrivons, nous repartons… Et j'ai eu une pensée étrange ; qu'elle allait retrouver Eugeni du côté où il s'était laissé mourir ; pour lui dire adieu, en quelque sorte. J'écoutais cette grande respiration de l'eau et finalement je l'ai vue sortir et se laisser tomber par terre, fatiguée. Au bout d'un moment, j'ai entendu

quelqu'un derrière moi. C'était monsieur Francesc ; il a mis un doigt sur ses lèvres pour me faire signe de ne rien dire et je me suis mis un peu à l'écart. Elle est remontée au mirador et il l'a couverte. « Tu ne vois pas que tu vas tomber malade ? » Il l'a prise dans ses bras et a approché sa joue de la sienne. Je l'ai entendu dire : « Où vas-tu, avec ce visage glacé ? » Et ils sont partis comme ça, vers le haut, vers les arbres. Je suis resté là à écouter la mer, et j'avais l'impression de l'entendre encore : « Vous réservez des graines ?... Moi aussi, j'ai égrené des giroflées, avant... Vous voulez que je vous aide ? »

De bon matin, mademoiselle Eulàlia et Feliu sont partis avec Mariona. Tous les trois dans la voiture rouge. Ils étaient contents et ils m'ont dit qu'ils viendraient me voir et qu'ils m'enverraient des cartes postales ; s'ils allaient à l'étranger, de l'étranger.

Monsieur et Madame sont partis au milieu de l'après-midi. Quima et moi, qui étions les seuls à rester, nous avons attendu debout devant l'entrée. J'avais fait un bouquet de fleurs pour Madame, presque aussi gros qu'elle. Ils l'ont mis dans la voiture. Ensuite, Madame m'a tendu la main, et au moment où j'allais lui donner la mienne, je me suis aperçu que je tenais la pièce de monnaie.

— Excusez-moi, lui ai-je dit en la remettant dans ma poche.

— Vous me montrez ? a-t-elle dit.

— Oh, ce n'est rien... On dit que ça porte bonheur.

J'ai été à un doigt de lui demander si elle la voulait, mais quelque chose m'a empêché de parler. Ils sont montés dans la voiture et nous sommes restés près du portail jusqu'à ce qu'ils prennent le virage.

Monsieur Bellom et Miranda sont revenus très tôt de leur voyage de noces. Au bout d'une quinzaine de jours, tandis qu'on emportait les meubles de Monsieur et Madame, Josep est venu me dire que monsieur Bellom voulait me parler.

Il était assis face aux baies vitrées, dans un des grands fauteuils, très calme. Il avait peut-être un peu maigri.

— J'ai appris que les Bohigues vendent la maison. Et vous, vous en êtes où ? Je veux dire, qu'est-ce que vous avez pour vivre ?

Je lui ai tout dit, exactement comme c'était :

— Eh bien, payé pendant un an, et s'ils vendent la maison sans courtier, trois pour cent du prix de vente. Quima m'a dit que si les nouveaux propriétaires ne veulent pas de moi elle me prendra chez elle gratuitement, à condition que je m'occupe un peu de son potager. Je paierai ma nourriture, évidemment.

Il a allongé les jambes, m'a regardé très calmement et m'a dit :

— Dans ce cas… Cela dit, si vous avez besoin… Je peux toujours vous donner du travail. Ce que vous pensez que vous pouvez faire. Des petites choses : trier des semences, ranger les bulbes… Et si ça vous embête, vous laissez tomber et vous venez me voir chaque année avant Noël pour me souhaiter un bon Noël. Moi, j'aime beaucoup qu'on me souhaite un bon Noël. D'accord ?

Ensuite, nous avons parlé de beaucoup de choses : du Brésil et des plantes qui poussent là-bas et d'un hôtel de Rio où, pendant qu'on mange, il y a des bandes de flamants, c'est des bêtes couleur rose, très pacifiques, qui viennent voir ce qu'on fait… Des plages qui n'en finissent jamais. Nous nous sommes levés et nous sommes sortis.

Nous avons commencé à marcher vers les buis, très

lentement. L'herbe était rousse, entre les pierres plates.

— Quand ces cyprès seront grands, nous, ça fera un moment que nous serons dessous.

— Monsieur Bellom, je ne sais pas comment vous remercier…

Il a levé une main et m'a fait taire d'un geste.

— Regardez la mer, ce dos si plat…

— Il faut que je vous remercie et vous ne me laissez pas faire. Mais vous savez une chose ? Si on me sort d'ici, ce sera pour m'enterrer. Peut-être que celui qui achètera la maison me gardera… Comme monsieur Francesc. Je lui dirai que je fais le travail comme un jeune… Avec plus de connaissances. Vous savez tout ce qui s'est passé et vous savez que ma Cecília est morte. Et c'est la vie. Mais tant que je resterai ici, elle ne sera pas vraiment morte… Croyez bien que c'est la vérité ; elle ne sera pas tout à fait morte… J'y suis depuis que j'ai été soldat, dans cette maison, je vous l'ai déjà raconté. Un jour après l'autre… Regardez le jardin, regardez comme il est. Pour en sentir la force et le parfum, c'est la meilleure heure. Regardez les tilleuls… Vous voyez comme les feuilles tremblent et nous écoutent ? Vous riez… Si un jour vous vous promenez la nuit sous les arbres, vous verrez tout ce qu'il vous racontera, ce jardin…

Nous nous sommes séparés là, au pied du mirador, et c'était, comme qui dirait, la fin de l'histoire.

Genève, 1-17 septembre 1959 ; décembre 1966

À PROPOS DU TRADUCTEUR

Passionné de beaux-arts et de cinéma, Edmond Raillard est entré en traduction avec des écrits d'artistes (Miró, Tàpies, Saura), avant de se lancer en littérature, catalane et castillane. S'il a vécu à Madrid, au Mexique, à Saint-Domingue, au Panama, son catalan reste imprégné de ses jeunes années passées à Barcelone. Professeur honoraire de l'université de Grenoble, il est le traducteur d'auteurs internationalement reconnus, de Quim Monzó et José Carlos Llop à Sergi Pàmies ou Jaume Cabré. Il a reçu entre autres consécrations le Grand Prix de traduction de la Société des gens de lettres, le Prix Laure-Bataillon et le Prix Étienne-Dolet de traduction.

La collection de poche des éditions Zulma

Extrait du catalogue

28. DANY LAFERRIÈRE, *L'Odeur du café*
29. DANY LAFERRIÈRE, *Le Charme des après-midi sans fin*
30. LEO PERUTZ, *La Neige de saint Pierre*
traduit de l'allemand par Jean-Claude Capèle
31. PASCAL GARNIER, *Les Hauts du Bas*
32. BENNY BARBASH, *My First Sony*
traduit de l'hébreu par Dominique Rotermund
33. HWANG SOK-YONG, *Monsieur Han*
traduit du coréen par Choi Mikyung et Jean-Noël Juttet
34. ABDOURAHMAN A. WABERI, *Aux États-Unis d'Afrique*
35. HUBERT HADDAD, *Mā*
36. VANESSA BARBARA, *Les Nuits de laitue*
traduit du portugais (Brésil) par Dominique Nédellec
37. AUÐUR AVA ÓLAFSDÓTTIR, *L'Embellie*
traduit de l'islandais par Catherine Eyjólfsson
38. KEI MILLER, *L'authentique Pearline Portious*
traduit de l'anglais (Jamaïque) par Nathalie Carré
39. GEORGES-OLIVIER CHÂTEAUREYNAUD, *L'Autre Rive*
40. DANY LAFERRIÈRE, *Le Goût des jeunes filles*
41. HUBERT HADDAD, *Le Bleu du temps*
42. AUÐUR AVA ÓLAFSDÓTTIR, *Le rouge vif de la rhubarbe*
traduit de l'islandais par Catherine Eyjólfsson
44. HWANG SOK-YONG, *Shim Chong, fille vendue*
traduit du coréen par Choi Mikyung et Jean-Noël Juttet
45. BERGSVEINN BIRGISSON, *La Lettre à Helga*
traduit de l'islandais par Catherine Eyjólfsson
46. DANY LAFERRIÈRE, *Pays sans chapeau*
47. PRAMOEDYA ANANTA TOER, *Le Monde des hommes – Buru Quartet I*
traduit de l'indonésien par Dominique Vitalyos d'après la traduction initiale de Michèle Albaret-Maatsch
48. PRAMOEDYA ANANTA TOER, *Enfant de toutes les nations – Buru*

Quartet II, traduit de l'indonésien par Dominique Vitalyos

49. VAIKOM MUHAMMAD BASHEER, *Les Murs et autres histoires (d'amour)* traduit du malayalam (Inde) par Dominique Vitalyos
50. SADEQ HEDÂYAT, *Trois gouttes de sang* traduit du persan par Gilbert Lazard et Farrokh Gaffary
51. HWANG SOK-YONG, *Le Vieux Jardin* traduit du coréen par Jeong Eun-Jin et Jacques Batilliot
52. KEI MILLER, *By the rivers of Babylon* traduit de l'anglais (Jamaïque) par Nathalie Carré
53. ZOYÂ PIRZÂD, *On s'y fera* traduit du persan par Christophe Balaÿ
54. EINAR MÁR GUÐMUNDSSON, *Les Rois d'Islande* traduit de l'islandais par Éric Boury
55. JOACHIM SCHNERF, *Cette nuit*
56. GUNNAR GUNNARSSON, *Le Berger de l'Avent* traduit de l'islandais par Gérard Lemarquis et María S. Gunnarsdóttir
57. JEAN-MARIE BLAS DE ROBLÈS, *L'Île du Point Némo*
58. ZORA NEALE HURSTON, *Mais leurs yeux dardaient sur Dieu* traduit de l'anglais (États-Unis) par Sika Fakambi
59. MARCUS MALTE, *Intérieur nord*
60. VAIKOM MUHAMMAD BASHEER, *Grand-père avait un éléphant* traduit du malayalam (Inde) par Dominique Vitalyos
61. RABINDRANATH TAGORE, *Kabuliwallah et autres histoires* traduit du bengali (Inde) par Bee Formentelli
62. BENJAMIN WOOD, *Le Complexe d'Eden Bellwether* traduit de l'anglais (Royaume-Uni) par Renaud Morin
63. HUBERT HADDAD, *Premières neiges sur Pondichéry*
64. SHIH-LI KOW, *La Somme de nos folies* traduit de l'anglais (Malaisie) par Frédéric Grellier
65. AUÐUR AVA ÓLAFSDÓTTIR, *Ör* traduit de l'islandais par Catherine Eyjólfsson
68. ANANDA DEVI, *Manger l'autre*
69. MARCUS MALTE, *La Part des chiens*
70. RICARDO PIGLIA, *Argent brûlé* traduit de l'espagnol (Argentine) par François-Michel Durazzo
71. ABDELAZIZ BARAKA SAKIN, *Le Messie du Darfour* traduit de l'arabe (Soudan) par Xavier Luffin
72. GORAN PETROVIĆ, *Soixante-neuf tiroirs* traduit du serbe par Gojko Lukić
73. SERGE PEY, *Le Trésor de la guerre d'Espagne* suivi de *La Boîte aux lettres du cimetière*

74. HONG ZICHENG, *Propos sur la racine des légumes*
traduit du chinois par Martine Vallette-Hémery
75. ZHANG YUERAN, *Le Clou*
traduit du chinois par Dominique Magny-Roux
76. ZOYÂ PIRZÂD, *Un jour avant Pâques*
traduit du persan par Christophe Balaÿ
80. PRAMOEDYA ANANTA TOER, *Une empreinte sur la terre – Buru Quartet III*, traduit de l'indonésien par Dominique Vitalyos
81. PRAMOEDYA ANANTA TOER, *La Maison de verre – Buru Quartet IV*
traduit de l'indonésien par Dominique Vitalyos
82. LEE SEUNG-U, *La vie rêvée des plantes*
traduit du coréen par Choi Mikyung et Jean-Noël Juttet
84. DANY LAFERRIÈRE, *Cette grenade dans la main du jeune Nègre est-elle une arme ou un fruit ?*
85. ISMAIL KADARÉ, *Qui a ramené Doruntine ?*
traduit de l'albanais par Jusuf Vrioni
86. HUBERT HADDAD, *Un monstre et un chaos*
87. HUBERT HADDAD, *Les Haïkus du peintre d'éventail*
90. PABLO MARTÍN SÁNCHEZ, *L'Instant décisif*
traduit de l'espagnol par Jean-Marie Saint-Lu
91. BIBHOUTI BHOUSHAN BANERJI, *De la forêt*
traduit du bengali (Inde) par France Bhattacharya
92. JACQUES STEPHEN ALEXIS, *L'étoile Absinthe*
93. ZOYÂ PIRZÂD, *Le Goût âpre des kakis*
traduit du persan par Christophe Balaÿ
94. LAURENCE VILAINE, *La Géante*
95. MARCUS MALTE, *Garden of love*
96. ISMAIL KADARÉ, *L'Hiver de la grande solitude*
traduit de l'albanais par Jusuf Vrioni
97. HALLDÓR LAXNESS, *Les Annales de Brekkukot*
traduit de l'islandais par Régis Boyer
98. JEAN-MARIE BLAS DE ROBLÈS, *La Mémoire de riz*
99. AUÐUR AVA ÓLAFSDÓTTIR, *Miss Islande*
traduit de l'islandais par Éric Boury
100. GERD BRANTENBERG, *Les Filles d'Égalie*
traduit du norvégien par Jean-Baptiste Coursaud
103. T. M. RIVES, *Le Serpent des blés*
traduit de l'anglais (États-Unis) par Lucien d'Azay
105. DANY LAFERRIÈRE, *Comment faire l'amour avec un Nègre sans se fatiguer*
106. MARCEL THEROUX, *Au nord du monde*

traduit de l'anglais (Royaume-Uni) par Stéphane Roques

107. MARCUS MALTE, *Aires*

108. PASCAL GARNIER, *La Théorie du panda*

109. MARIE VIEUX-CHAUVET, *Fille d'Haïti*

110. YAHIA BELASKRI, *Le Silence des dieux*

111. LORENZO MEDIANO, *Du givre sur les épaules*
traduit de l'espagnol par Hélène Michoux

112. IVO ANDRIĆ, *Contes de la solitude*, traduit du serbo-croate par Pascale Delpech, Sylvie Skakić-Begić et Mauricette Begić

113. MAYRA SANTOS-FEBRES, *La Maîtresse de Carlos Gardel*
traduit de l'espagnol (Porto Rico) par François-Michel Durazzo

114. ZHANG YUERAN, *L'Hôtel du Cygne*
traduit du chinois par Lucie Modde

115. PAUL WENZ, *L'Écharde*

116. AUÐUR AVA ÓLAFSDÓTTIR, *L'Exception*
traduit de l'islandais par Catherine Eyjólfsson

117. ANGEL WAGENSTEIN, *Le Pentateuque ou les cinq livres d'Isaac*
traduit du bulgare par Veronika Nentcheva et Éric Naulleau

119. FELWINE SARR, *Les lieux qu'habitent mes rêves*

120. NAHAL TAJADOD, *Debout sur la terre*

121. NASIM MARASHI, *L'automne est la dernière saison*
traduit du persan par Christophe Balaÿ

122. ABDELAZIZ BARAKA SAKIN, *La Princesse de Zanzibar*
traduit de l'arabe (Soudan) par Xavier Luffin

123. MOHAMMED DIB, *Les Terrasses d'Orsol*

124. MARIE VIEUX-CHAUVET, *Fonds-des-Nègres*

125. R. K. NARAYAN, *Le Peintre d'enseignes*
traduit de l'anglais (Inde) par Anne-Cécile Padoux

126. *Cocktail Sugar et autres nouvelles de Corée*
traduit du coréen sous la direction de Choi Mikyang et Jean-Noël Juttet

127. HUBERT HADDAD, *Meurtre sur l'îles des marins fidèles*

128. EILEEN CHANG, *Love in a Fallen City* suivi de *Ah Hsiao est triste en automne*, traduit du chinois par Emmanuelle Péchenart

129. HWANG SOK-YONG, *L'Ombre des armes*
traduit du coréen par Lim Yeong-Hee, Marc Tardieu et Françoise Nagel

130. DANY LAFERRIÈRE, *Fête chez Hoki* suivi du *Zoo Kama-sutra*

131. MIQUEL DE PALOL, *Trois pas vers le sud – Le Troiacord I*
traduit du catalan par François-Michel Durazzo

132. AZAR NAFISI, *Mémoires captives*

traduit de l'anglais par Marie-Hélène Dumas
133. MIQUEL DE PALOL, *Autre chose – Le Troiacord II*
traduit du catalan par François-Michel Durazzo
134. MARCUS MALTE, *Qui se souviendra de Phily-Jo ?*
135. MIQUEL DE PALOL, *Les Ailes égyptiennes – Le Troiacord III*
traduit du catalan par François-Michel Durazzo
136. GEORGES-OLIVIER CHÂTEAUREYNAUD, *À cause de l'éternité*
137. AUÐUR AVA ÓLAFSDÓTTIR, *Éden*
traduit de l'islandais par Éric Boury
138. Le catalogue des éditions Zulma
139. ABDELAZIZ BARAKA SAKIN, *Les Jango*
traduit de l'arabe (Soudan) par Xavier Luffin
140. SLADJANA NINA PERKOVIĆ, *Dans le fossé*
traduit du serbo-croate par Chloé Billon
141. YITSKHOK KATZENELSON, *Le Chant du peuple juif assassiné*
traduit du yiddish par Batia Baum
142. AZAR NAFISI, *La République de l'imagination*
traduit de l'anglais par Marie-Hélène Dumas
143. ENIS BATUR, *La Maison aux livres*
traduit du turc par François-Michel Durazzo
144. *Le Chant de la fidèle Chunhyang*
traduit du coréen par Choi Mikyung et Jean-Noël Juttet
145. EUN HEE-KYUNG, *Les Boîtes de ma femme*
traduit du coréen par Lee Hye-young et Pierrick Micottis
146. ANTHONYTHASAN JESUTHASAN, *Friday et Friday*, traduit du tamoul (Sri Lanka) par Faustine Imbert-Vier, Élisabeth Sethupathy et Farhaan Wahab
147. MEDORUMA SHUN, *L'âme de Kôtarô contemplait la mer*, traduit du japonais par Myriam Dartois-Ako, Véronique Perrin et Corinne Quentin
148. AUÐUR AVA ÓLAFSDÓTTIR, *La vérité sur la lumière*
traduit de l'islandais par Éric Boury
149. DANY LAFERRIÈRE, *Un certain art de vivre*
150. PASCAL GARNIER, *La Place du mort*
151. MICHEL TREMBLAY, *Le Cahier rouge*
152. INOUE HISASHI, *La Bedondaine des tanukis*
traduit du japonais par Jacques Lalloz

Couverture créée par David Pearson ¶ Texte composé et mis en page par Nord Compo à Villeneuve-d'Ascq ¶ Reproduit et achevé d'imprimer en décembre 2025 par Normandie Roto Impression s.a.s. à Lonrai pour le compte des éditions Zulma à Veules-les-Roses ¶ ISBN : 979-10-387-0404-6 ¶ ISSN : 2267-1803 ¶ Dépôt légal : janvier 2026 ¶ N° d'imprimeur : 2504737 ¶ Imprimé en France ¶

La collection de poche des éditions Zulma